译文纪实

［日］新井一二三 著

这一年吃些什么好？

东京家庭的四季饮食故事

上海译文出版社

【序】最后一个平常年的纪录

新井一二三

这本《这一年吃些什么好？》收录的文章，是我从二〇一九年三月到二〇二〇年二月写的。记得最初跟大田出版的总编辑培园讨论，下一本书要写什么内容时，她提议说：饮食、旅行或者阅读。

这些方面的文章，我过去也写过。可仔细想一想，关于饮食的专书，我只出过一本《欢迎来到东京食堂》，确实不妨再写一本。至于体裁，我当场就决定：每个月写一篇文章谈谈该月吃的东西，这样子过一年就会有谈及一整年饮食生活的书了。

于是从二〇一九年的三月开始，我每个月写大约八千字的文章。按月份写，结果自然写到季节的转变来了。我发现，在日本人的饮食生活中，有几个方面明确具有季节感：水果、海鲜、和果子。

水果，我每天早晨一定吃的。海鲜，我也每周一定去中央线立川车站附设的鱼力鲜鱼店采购。至于和果子，就是因为有减肥的必要，所以平时得施行自我控制，可是到了节日就一定要尝尝对应的甜点，因为这属于人文生活不可缺少而非得给下一代传授下去的本国文化。

每月每月，我一边写文章，一边叫家中老二帮我拍拍照。家人以及跟我共食午餐的同事都说过：给外国人看的书，你选的题材都这么平民化，可行吗？但是，我又不是幻想小说家，而是专门写写生活小事的散文家。且借用白话运动的推动者们所说的“我手写我口”，本人都只能说“我手写我口”了。

我本来认为：写这时代日本人的日常饮食生活也可以。毕竟，日常生活就是人生的主要内容。其中，饮食的重要性，根本不需要由我这个化外之民去向华文读者说明吧。

饮食是一种文化的具体表现。我的饮食习惯，不外是从小到现在，好几十年来的生活经验和思索、实践的综合。另一个因素就是时间，或说是生老病死。写着关于饮食的回忆，我常常讲到已故父亲和姥姥，因为我喜欢吃的东西，往往是他们当初喂我的。食物让孩子长大。食物使生命前进持续。食物是物质，含营养的同时，也是传达爱情的桥梁。

未料，原来以为再平常不过的一年，后来逐渐变为人类历史上很不平常的一年了。我二〇一九年三月着手写这本书，写到最后一章是二〇二〇年二月。在东京再相见的时候，总编辑和我都戴着口罩了。那是在禁足令生效之前，我最后一次出外见人聚餐的一天。

后来，三月份预定的午餐会、欢送会、校友会、毕业典礼，通通都取消。年年岁岁盛开的樱花，今年也照样开了，可是今年的“花見”遭到禁止了。老公当初还提议说：

那么改在家中阳台上举行吧。后来却没有，因为在这样的全球环境里，连爱享乐到底的老饕都不会有心思享乐的。

四月在日本是新年度的开始。可是，女儿新上的大学取消了入学典礼。等到五月，她和老大儿子都开始在家里在线上课。至于他们的母亲，也得平生第一次在家中书房通过网络给总共两百个学生授课。

防疫的日子里，出外采购都受限制。可是，在这一段时间里，家中每个成员都一定在家里吃三顿饭，未料使伙食水平稍微提高。对谁而言，一天三顿饭都变得更加重要，这对厨子而言，算是鼓励。无法出去跟朋友聊聊，结果家人之间说话比平时多了。

我写这本书的时候还以为，家庭生活嘛，一样的故事每年都要重复下去的。然而，这一年果然变成很不平常的一年了。我们吃的、喝的、想的、谈的，虽然在一方面来说是去年的重复，可从另一方面来说，我们进入了根本没想到的境界。

这场疫情结束以后，人类到底能不能回到跟原来一样的世界？

所以，我在这本书里写的东京家庭一年四季的饮食生活，说不定是最后一个平常年的纪录了。明年、后年，世界到底会变得怎么样，真难预知。既然如此，我们还是尽量珍惜每一天吃的每一顿饭吧。边吃边谈已过世的长辈吧，也谈谈曾去过的外国城市，想再见的外国朋友吧。记得食物不是单纯的物质，食物也是爱情的化身，因为对人类来说，食物历来都是跨越时间的桥梁。

目录 CONTENTS

四月

六月

五月

七月

八月

九月

十月

十一月

十二月

1

一月

小寒／大寒

黄色钻石
——“数の子”

等到再过十几个小时，《红白歌合战》开播的时候，拿出鲱鱼子尝尝吧，大概就能吃出“黄色钻石”的滋味了。

元旦出现在我家餐桌上的“御節料理”中，最花时间准备的是“数の子”，即鲱鱼子。

鲱鱼是北方海里生息的鱼类，在东京等日本中部，一般都看不到、吃不到。大概唯一的例外是京都的“鲱荞麦”；乃把风干鲱鱼泡水后红烧，搁在荞麦汤面上吃的。京都为什么有风干鲱鱼而东京没有？因为京都是日本的千年首都，历来全国的好东西都集合于一处。在“锁国”（海禁）政策下国民经济发达的江户时代，就有从北海道通过日本海，运输北国干货到京都来的固定航班，叫“北前船”；果然“鲱荞麦”的汤底也是用北海道产的昆布熬出来的。

每年年底我去鱼店采购的鲱鱼子，有国产、美国产、俄罗斯产之别。大海上没有国境，不同的是钓上了鲱鱼以后的加工技术，是不是？

然而，鱼店伙计说，其实大小也不一样的，日本产的最大，美国产的其次，俄罗斯产的最小，价钱成正比。

若是平时吃的东西，我不大会买最贵的，但是每年一次过年才吃的年菜，好吧，买最好的吧，只要买得起。而这些年，鲱鱼子的卖价远没有一九六〇、一九七〇年代贵了，当年鲱鱼子曾有过“黄色钻石”的外号呢！

上世纪有一段时间，鲱鱼子在日本被视为鱼卵之王，是大公司送给头等顾客的高级礼物。如果到了十二月，市面上的鲱鱼子供不应求的话，有时价格会涨到不像食品倒像宝石的地步，因而得到“黄色钻石”之称。一九八〇年，一家叫北海的海产商社，企图控制鲱鱼子的价钱而发大财，把大量的鲱鱼子藏在仓库里不出售，结果市场需求没预期的强，导致该公司破产倒闭，并从业界永远撤出去。

不仅围绕着鲱鱼子，围绕着鲱鱼本身，也有不少投机成功或失败的传说。昭和时代的日本歌谣界，有名噪一时的填词人，乃二〇〇〇年直木赏得主的小说家中西礼。他有一首作品叫做《石狩挽歌》。虽然是一首时代曲，但是听这首歌的感觉跟阅读一篇短篇小说或者鉴赏电影一般。主人公是他哥哥，战争时期当上了注定牺牲的特攻队机师，然而幸免于难捡回来一条命，却不好好珍惜。曾有一次，中西的哥哥经售鲱鱼大发财，还盖了当地所谓的“鲱鱼御殿”（豪宅），可是他懂得进攻不懂得退守，很快又失去了全部财产。他们兄弟是二战结束后，从当年伪满洲（中国东北）遣返回来的；在世界观、人生观方面，似乎都有与岛国长大的同胞们稍微不同的倾向，那反而导致了弟弟中西礼在主流社会中成功。《石狩挽歌》在一九七五年，适逢“黄色钻石”的价钱越走越高的时候，获得了日本作词大赏作品赏。

所以，我小时候没吃过鲱鱼子并不奇怪。当年只在电视新闻节目中，听过“黄色钻石”的名称，根本没看过实物，正如我当年也没看过真正的钻石一样。记得有一年，大概鲱鱼子的价钱开始下降以后吧，父母双双出去买年菜的材料，头一次买来了一盒鲱鱼子。然而，母亲恐怕之前没吃过鲱鱼子，更没有料理的经验，想都想不到盐腌食品一定要泡在水中去掉盐分才能入口。到了元旦，父亲叫母亲把鲱鱼子拿出来。这时，真相才暴露于光天化日之下；父亲发怒，母亲死不认错，硬把咸咸的盐腌鲱鱼子就那么切成小块，放在年初一的饭桌上了。

之后很多年，我都不敢碰“黄色钻石”，有点像受了诅咒。等到结婚以后，去婆家拜新年，才吃到了去盐以后重新泡在柴鱼味淋酱油中调味好的鲱鱼子。它口感很特别，吃起来像是用塑胶做的东西。一粒又一粒的鱼子，大小在乌鱼子和鲑鱼子中间，能用舌头尝得到明确的轮廓，咬住时又能感觉到鱼子外皮的弹性。可以说在众多鱼子中，鲱鱼子是最硬、最结实的一种。果然，它在日语中垄断“数の子”的通名，在年菜里，永远扮演代表子孙繁荣的角色。

这些年，我都于年底十二月三十日早上开始，把鲱鱼子泡在跟海水一样浓度的盐水中，慢慢去掉盐分。每两个钟头换一次水，然后把两只手放在水中，慢慢剥掉白色皮膜。过六到八个小时，盐分该去得差不多了。如果尝一尝，发觉原来去盐过头反而有了苦味，那么又得把鲱鱼子放回盐水中叫它吸收盐分！总之，咸度恰到好处了，方可将其泡在混合调味料中。这时候，时间应该是十二月三十一日凌晨了。等到再过十几个小时，《红白歌合战》开播的时候，拿出鲱鱼子尝尝吧，大概就能吃出“黄色钻石”的滋味了。

父亲的至爱
——“酢蛸”与黑豆

我每年煮关西尺寸的蜜糖黑豆，也买来关东尺寸的大红醋章鱼。然后，把两个小碟和一杯清酒放在老爸照片前，敬他一杯。

日本年菜中，“黄色钻石”即鲱鱼子代表子孙繁荣，蜜糖黑豆则象征勤勤恳恳劳动到全身晒黑。我在“御節料理”（日本年菜）中最喜欢的两样菜肴，一个是染成红色的醋泡大章鱼，另一个就是蜜糖黑豆。写到这儿，忽然想到：其实这两样也是已故父亲的至爱。那么，我吃的到底是食品还是回忆？

一年里其他时候都没有，过年时候才吃的红色大章鱼，日语称之为“酢蛸”，原料来自北海道。它的一条腿就跟大人的手腕一般粗，重量则会超过一公斤，煮熟以后泡在红醋调味料中。颜色呈大红的大章鱼，并不是全日本都吃；根据一个电视节目制作组的调查，富士山脚下静冈县以东、以北的地方才有得吃。

“酢蛸”的历史可追溯到江户时代，一八〇八年出版的《素人庖丁》（浅野高造著）一书里就有介绍。有趣的是出版了《素人庖丁》的书肆位于大阪；也就是说，当年在静冈县以西的关西地区也有吃“酢蛸”的习惯。不知道关西人到底什么时候才改主意不吃了呢？大阪长大的老公说，来东京上大学之前，连看都没看过既大又红还酸酸的大章鱼。关西人吃的是濑户内海产的小章鱼，小巧玲珑到能托在手掌上，给人的印象非常不一样。

跟来路神秘的大章鱼相比，蜜糖黑豆的履历则光明正大得多了。据说，中国最古老的药书，秦汉时期成书的《神农本草经》里，写着“煮汁饮，杀鬼毒”的“大豆黄卷”就是黑豆芽。后来，日本平安时代编纂的书本里，都讲到“乌豆”即黑豆的疗愈功能。

到了江户时代，日本已经开始出现名牌黑豆。我每年都购买的兵库县产丹波筱山黑豆，则是当年老远从产地运到江户来献给德川将军的高级品。明治以后，为天皇家服务的宫内厅又定期采购丹波筱山黑豆，使之进一步闻名全国。

这种黑豆比一般黑豆大得多，花一天半时间在酱油糖水里慢慢煨好，就会煮成外皮完整同时内部饱满的样子，确实可说是少见的理想豆子了。为了使黑豆外皮更加发亮好看，在料理过程中，经常把生锈的钉子等铁制品放在锅中（我则用专门为此目的生产的“铁鲷鱼”）。对蜜糖黑豆而言，外皮和内容是一样重要的。

记得我父亲在世的最后一个元旦，我把他喜欢吃的蜜糖黑豆煮好后带到娘家。老爸躺在床上，已经几乎不能吃东西，要是在食道里塞住了，后果会不得了。所以，我先把黑豆的外皮全去掉，仅把赤裸的豆子送进他嘴里。可是，去掉了外皮，黑豆就没有了黑豆的口感，也没有了黑豆的味道。

写到这儿，我又忽然想起：就是在那翌日，老爸坐妹妹开的车，最后一次住院去。在医院待的一个月，他都不能用嘴巴吃东西，靠着送进血管的营养物，维持了生命。他去世以后我才晓得，就是那营养物里的水分，一点一点积在肺里，使他呼吸越来越困难。

我懂得买丹波筱山黑豆是因为嫁给了关西人，受了启发的缘故。关西的饮食文化比关东发达，是有历史原因的：日本的古都，即是天皇与贵族生活的奈良、京都，均位于关西。在整个东亚长年最先进的中国文化，也是从日本西部逐渐传播到东部来的。

我已故的父亲是关东人，母亲也是关东人。他们从来没买过丹波筱山黑豆；我不晓得他们有没有吃过。并不是关东人没有钱买大粒的黑豆，而是关东人不明白：为何要花很多钱去买大一点的黑豆，花一样多的钱，不如买肉、买鱼，不是吗？

称之为文化差异、不同价值观都没有错。总之，我每年煮关西尺寸的蜜糖黑豆，也买来关东尺寸的大红醋章鱼。然后，把两个小碟和一杯清酒放在老爸照片前，敬他一杯。

温暖身体的料理
——俄罗斯汤与皮罗什基肉饼

主妇不分国籍，都爱节约，倾向于尽量用家里手边有的东西。

还是太冷了。要吃热的东西暖暖身。据我观察，保温性高的食品，要么来自烤箱，要么来自铁锅、砂锅。今晚要吃烤箱做的焗烤通心粉，还是砂锅做的狮子头？对了，对了，铁锅做的俄罗斯汤配上烤箱做的肉饼（皮罗什基）不就一举两得吗？

我在这里说的俄罗斯汤，基本上是罗宋汤加甜菜（红菜头）。

据我理解，罗宋汤是融入了中国东南部以及港台地区饮食生活的唯一一种俄罗斯菜。这当然有历史原因：二十世纪中期，逃难的上海人把当地食品带入了香港、台湾。“罗宋”两个字指的不是菲律宾吕宋岛而是俄罗斯，是因为上海话把俄罗斯叫做罗宋。

我做俄罗斯菜，参考的是荻野恭子老师写的食谱。她是我朋友俄罗斯语专家黑田龙之助老师的学生。原来，勤勉的世界料理专家，为了跟各国厨师、主妇直接学当地的烹饪文化及技术，特地上课学多门外语，其中还包括以难度吓坏不少人的俄语呢，好厉害。

荻野老师教的俄罗斯汤做法如下：首先要把牛肉（三百克）在水里熬上一个钟头；另在法国铁锅中热油炒切小的洋葱（半颗）、胡萝卜（三分之一）、蒜头（一颗）、番茄（一小颗）；往铁锅加入牛肉汤、高丽菜（三百克）、马铃薯（两个）、莳萝（一把）、盐、胡椒后，熬煮一个钟头；吃的时候，要加酸奶油。

我喜欢俄罗斯菜的原因之一，是材料、做法两方面的弹性很高。这应该是俄罗斯地方大，各地的生活条件参差不齐所致吧。总之，我一般都用冰箱里常备的廉价猪肉来代替牛肉，也用热量低的酸奶来代替酸奶油。效果一样好，吃起来蛮不错的。

肉饼方面呢，则是在不锈钢盆子里，把高筋面粉、焙粉、糖、盐、鸡蛋、牛奶、奶油混合好；同时在平底锅中炒碎猪肉和洋葱末，并以椒盐调味备用。最后就像做肉包子一样，在面饼里包好肉馅。荻野老师说，放入热油里炸也好，送进烤箱去烘烤也好。油炸肉饼是亚洲式的，烘烤肉饼则是欧洲式的，味道有所不同；所以在我家，把一半的肉饼油炸起来，另一半的肉饼烘烤起来，这样就能够尽情享受欧亚大陆东西边的两种家乡风味。

等肉饼做好了，铁锅中的俄罗斯汤也差不多了。该叫家中大小来开动晚餐。我每次都担心自己是否做得太多了，四口子一顿饭吃不完。可实际上，从来没有一次吃不完的，反而转眼之间就看到了锅底。

街上俄罗斯餐馆供应的罗宋汤，都用甜菜使汤水呈紫红色，再加上酸奶油，就会变成浓郁的粉红色，蛮好看的。可是，日本超市没有甜菜卖，连罐装的也不是到处都有。荻野恭子老师介绍的菜式，都是俄罗斯及周边地区的家常菜。主妇不分国籍，都爱节约，倾向于尽量用家里手边有的东西。没有甜菜不算大事，煮锅高丽菜汤，一样美味而暖身体。谢谢铁锅，谢谢烤箱，谢谢荻野老师。

新年的奢侈
——河豚

日本人吃河豚的习俗，根据考古学研究，似乎跟日本的历史一样长。然而，吃起来极为美味的河豚，内脏里却含有毒物，而且是强烈到致命的。

河豚的名字经常听到，恐怕在日本，连小孩子都知道。可是，吃到河豚的机会不常有。一方面，河豚不是东京名菜，它的产地多半在日本西部。尤其山口县下关市是全日本最有名的河豚集聚地；不仅是当地钓上的河豚，在其他地方钓上的河豚以及养殖的河豚，都集中在下关市场，经过适当处理，然后再从下关送往日本各地。

下关之所以成为日本河豚首都，乃明治维新后的一八八八年，全国第一家领到河豚供应许可证的餐厅——就是当地著名的饭店春帆楼所致。对于春帆楼的名字，也许有人觉得眼熟耳熟。这里就是一八九五年，清朝代表李鸿章跟日方代表伊藤博文见面，签下了《马关条约》的地方。而在《马关条约》中有一条款：作为甲午战争的赔偿金，清廷把台湾割让给日本。伊藤博文是当地山口县人，春帆楼又是他劝已故朋友的妻子开的店。当时担任首相的伊藤，指定谈判场所为下关春帆楼，可说选择了自己最能感觉自在的地方。

日本人吃河豚的习俗，根据考古学研究，似乎跟日本的历史一样长。然而，吃起来极为美味的河豚，内脏里却含有毒物，而且是强烈到致命的。因而十六世纪丰臣秀吉统一日本，再往朝鲜攻打的时候，为了不让老百姓白白耗费性命，禁止食用河豚了。直到三百年以后的一八八七年，伊藤博文到春帆楼住宿，老板娘破例给他提供了河豚吃，才导致现任首相马上下令当地知事发放许可证，乃日本贩卖河豚许可制，日本人因而能够放心吃河豚。

八年之后，李鸿章一行一百多人抵达下关，于春帆楼跟伊藤博文等人见面；从三月十九日到四月十七日，双方在能望到海上日方军舰开往辽东半岛的二楼会议厅不断开会。李鸿章到底有没有吃到河豚不得而知。可是，当年在春帆楼开会的模样，至今仍保留在邻近的日清讲和纪念馆；另外李鸿章每天从旅舍走到春帆楼的小路，则被当地人称为“李鸿章道”，直到一百二十五年后的今天，仍能看到路牌。

我这次吃到河豚的地方不是下关，而是大阪南方的和歌山市。这里是纪伊半岛的西岸，乃大阪湾的入口处，隔海有淡路岛。公公婆婆出生于纪伊半岛山区的高野山脚下。老公从小常去高野山，但是从来没到过海边的和歌山市。高野山脚流着全国著名的纪之川，而沿着纪之川下去，就在和歌山市出海。长年的想象，这回要变为现实，老公说。

和歌山曾是江户时代被称为“御三家”之一的纪伊德

川家领土。江户时代二百六十多年，共十五名将军中，有两名是纪伊德川家出身的。果然，直到今天都保存着当年德川家人所住的城堡以及围绕它的城河，附近有县立博物馆、美术馆、音乐厅，似乎能闻到文化芳香。

其实，和歌山的历史蛮悠久的。公元八世纪，日本历史上头一本诗歌集《万叶集》收录的一些作品，就是在此地诞生的。原来，和歌山之所以被称为和歌山，乃它为许多和歌作品提供了背景的缘故。日语中，和歌作品的背景叫做“歌枕”。站在和歌山海岸观看美丽的景色，自然而然地想起此地产生的一些古老诗歌来，让人感受到“歌枕”的意义：把风景、文学、历史、地理等多项人文因素都集于一处。

晚上在当地著名的餐馆银平吃河豚。这家餐馆自称为“鱼匠”，所提供的菜肴几乎清一色是海鲜。最有代表性的是直接从和歌山港来的各种鱼类刺身，以及在砂锅中放入白米和烤过的大鲷鱼煮成的“鲷饭”。另外也有虾、乌贼、鲍鱼等跟各类蔬菜一起油炸的天妇罗；自家制的烟熏文蛤、海螺、鲑鱼肚；奶油煎鱼、酒蒸鱼头、海胆火锅，连色拉中也有很多干银鱼。日本关西地区的饭菜跟我们东京的饭菜相比，所用的材料不同，调味料也不同，吃起来感觉很新鲜，有点像吃外国菜似的。尤其是和歌山县的酱油，颜色很浓但味道很淡，所以看起来的样子和吃起来的味道之间有一段距离。总之，吃着觉得蛮有意思的。

因为是年初，店方只提供套餐；我们本来订的是“鲷饭”套餐。后来，老公看着餐馆的主页发现：还可以吃河豚！离上次吃河豚，屈指数一数，已有些岁月了。该趁这机会，也尝尝河豚吧！于是另外点了四人份河豚刺身，盛在圆形大盘上，白色接近透明的河豚片摆得犹如大菊花，中间放着稍微烫过的鱼皮，以及当配料的葱丝、绿色柠檬、萝卜泥加辣椒粉。因为河豚刺身很有嚼劲但味道清淡，所以蘸普通酱油吃，很难吃出滋味来。跟一点点柠檬、萝卜泥、辣椒粉一起吃，它清淡的味道便显现出清楚的轮廓来，真是别有风味。

加点了四人份河豚刺身的结果，开销一下子涨了近五成。这一顿饭的费用高达四万五千日圆，应该是一年里我们吃得最贵的一次。也罢了，年初嘛！

生日的海鲜披萨

一个一个全新花样的披萨，接踵从烤箱里出来，叫人不停地惊艳，还是第一次呢。多么好的生日晚餐！

我以前，就是年轻的时候，蛮喜欢吃肉的。现在也还算喜欢吧，只是不能吃得像以前那么多罢了。反之，这些年越来越喜欢吃海鲜。今年我的生日，老公说他可以在家做我最想吃的东西。他做的意大利风味料理都很不错，想起很久都没有吃他手工做的披萨，就点披萨了。然而，马上又想到：如果主菜是披萨，也许要先吃冷盘吧。但是，先吃了有分量的米兰香肠、生火腿等，恐怕我也会失去接下来吃披萨的胃口。于是，匆匆告诉主厨道："不好意思，请从生日菜单上排除肉类，谢谢。"

排除了肉类的披萨大餐会是什么样子呢？暂时连我自己都想不出来。只好拜托大厨发挥创意了。谁料到老公竟做出完全出乎我意料的一套海鲜披萨大餐！

我家的披萨饼，几年前开始用面包机和面，正如我家做的中式包子、意大利式千层面等。可见面包机真的很好用，除了做面包以外，还能做世界面食呢。刚刚从纸袋倒出来的新鲜小麦粉，加盐加糖加酵母菌以及牛奶、橄榄油，发起来后用十根指头弄成圆形薄饼，上面搁了些材料烤起来，味道好过餐厅的。

老公端出来的第一个是：除了最基本的番茄酱、芝士、罗勒以外，还加上了盐渍鳀鱼（anchovy）的玛格丽特披萨（Pizza Margherita）。红、白、绿的三色恰巧跟意大利国旗一样，据说，因而获得了意大利王国第二代国王的妻子玛格丽特王后的赞美。之后的一百多年，全世界仍然以王后的名字称呼它，是当初谁也没想到的吧。我充满期待地咬一口，果然盐渍鳀鱼的咸味很迷人，而且显然有开胃作用，我对接下来的披萨更加期待了。

跟着出来的第二个，看起来很像第一个。可是在仔细观察之下，我发现其实有几项不同的地方。这次的绿色叶子不是罗勒而是芝麻菜（rocket）；这次的小鱼也不是盐渍鳀鱼而是油渍小沙丁鱼（sardines）了；另外还搁有一些新鲜洋菇片。在日本，芝麻菜最近几年才开始普及，目前市场上已经流通着当地产又蛮便宜的了。这种小青菜，最初由日本各地的意大利餐厅主厨向日本美食家介绍，味道有点特殊，却讨多数人喜欢。至于小沙丁鱼，虽然个头很小，但是比起盐渍鳀鱼就大得多了。再加上洋菇片的存在感，这一个在味道、口感两方面都跟第一个大为不一样。

没料到，第三个则更加不同了。这回没有番茄的红色，反之呈白色。面饼本身的颜色接近白，上面搁的马苏里拉

（mozzarella）芝士也接近白。在那双重白色上面，放着好几粒俗称“大海牛奶”的牡蛎，而在那些牡蛎上面我看见了分量不少的蒜泥，最上层则由绿油油的新鲜罗勒叶画龙点睛。我用手拿起一块白色披萨来，就闻到蒜泥加橄榄油的香味。放进嘴里尝尝我未曾吃过的牡蛎披萨，Mmmm，太好吃了，和冰凉的香槟酒可说为完美的一对。

名酒醉人，美食也醉人，我开始觉得很舒服了。哟，老公端来的第四个，是又红又白的。仔细看看，在番茄酱和芝士构成的沙发床上，半躲在绿色罗勒的被子下面，躺卧着的无非是外红内白的：章鱼！谁能想象连章鱼都能做成披萨呢？把生章鱼切小后，搁在烤得七八分熟的披萨上，再加热一会儿，最后撒下一把罗勒叶，太成功了！太棒了！章鱼简直从小就在番茄酱里戏水长大似的。于是我想通了：披萨跟寿司有共同的性质，乃任何美味做成披萨，就跟做成寿司一样，结果一定会非常好吃。这晚已吃了鳀鱼、沙丁鱼、牡蛎、章鱼的披萨，不是好像寿司店的菜单吗？

老公做的披萨向来很好吃。可是，像这晚一个一个全新花样的披萨，接踵从烤箱里出来，叫人不停地惊艳，还是第一次呢。多么好的生日晚餐！

然而，真正叫我高兴得跳起来的，其实是跟着上桌的第五个。白色的披萨饼上，涂满了红色珍珠般发亮的……鲑鱼子！而且是由鲑鱼刺身妈妈和绿色罗勒爸爸陪伴的。我告诉你吧，鲑鱼子披萨的味道就跟鲑鱼子军舰卷寿司一样好吃，也就是非常非常好吃。列入世界美味名单完全没有问题，绝不会输给其他国家来的美味佳肴。

我还以为，鲑鱼母子披萨应该是披萨界的北极星。未料，今晚的美味游行原来还没有结束。挑战北极星鲑鱼母子的第六个，果然是从中国台湾高雄旗津岛远路而来的：乌鱼子披萨！若不是我们跟台湾有缘分，不可能在东京郊区普通民房的冰箱里，几乎一年四季都藏有乌鱼子吧。感谢美丽岛台湾，感谢妈祖王爷，让我们拥抱宝岛台湾来的乌鱼子。鲑鱼子 vs. 乌鱼子的一场比赛，是无法判决胜负的。只能说两样都是世界第一的美味了。

古人都说世上没有不散的筵席。我们的披萨筵也接近结尾了。最后登场的第七个，果然又回到披萨故乡意大利的传统样式：乃四种芝士混合而做的 quattro fromage。远从欧洲而来的各种芝士们，这时携手并肩一起出场，为我的第 × 十 × 岁生日合奏合唱。每一种芝士单独吃都很美味，综合起来的味道则好奢侈，超级豪华。再说，老公还告诉我：吃完了这个披萨，还有鲜奶油蛋糕。我把这时的心情描写为幸福，该不是夸张吧？

2

二月

立春／雨水

日本人的吃法
——白菜盐渍

当年厨房门外放着两个大桶，母亲把每颗大白菜砍成八块，然后从底开始，扔一把盐放一把白菜，再扔一把盐再放一把白菜。

记得从前北京的冬天，蔬菜种类不多，只有大白菜很丰富。所以，当地居民入冬以后就购买大量白菜摆在门口边，每天做成辣白菜、醋熘白菜、干烧白菜、蚝油白菜丝等来吃。

不知为什么，我母亲也喜欢买大量大白菜，叫八百屋（蔬菜店）老板运过来。家里的空间有限，于是就把大白菜在大门边堆置着。

我从中国留学回来住在娘家的时间里，有中国朋友来我家做客，看到大门边堆置的大白菜而问我："你们家不是日本人吗？"

我们家确实是日本人。但是冬天吃很多大白菜。

大白菜的吃法，主要是盐渍。当年厨房门外放着两个大桶，母亲把每颗大白菜砍成八块，然后从底开始，扔一把盐放一把白菜，再扔一把盐再放一把白菜。最后，最上面安置大块石头把整桶的大白菜压住。要吃的时候，就拿出一把大白菜，直接放在砧板上切成四五厘米长即可。

印象中，当年冬天比现在冷很多。一直放在屋外的大白菜，切小盛在盘子上，放进嘴里还冷冷的。盐渍的大白菜感觉很像沙拉，因为腌渍时间短，再说外头气温低，所以发酵速度慢，这就是日本人所谓的“淺漬”（あさづけ）。

“淺漬”的反义词是“古漬”（ふるづけ）。按道理，盐渍大白菜的时间久了，就自然变成“古漬”了。可是，在我印象中，冬天的盐渍跟夏天的糠渍不同，不容易变成“古漬”。还是冬天外面气温低所致吧。

相比之下，夏天的糠渍桶放在屋子里，当年没有冷气，虽然比屋外凉快，气温还是相当高。结果，把黄瓜、茄子抹上盐巴以后埋在糠床中，经过半天，腌渍程度已经刚刚好了。如果糠渍时间超过一天，从“糠床”挖出来的瓜果都会变成很酸很酸的“古漬”。

多年以后，我成为北京西四砂锅居的粉丝。留学时自己年纪轻，当地朋友们也差不多，当年大家都没有钱，想不到光顾什么老字号。十几年后重访而发现，古都固然有不少老字号，开销却不一定比新开的时髦店高。此后每到北京一定要光顾的老店之一便是位于西四大街的砂锅居。这一家的招牌菜是砂锅白肉，把肥肥的五花肉煮熟后切成片在砂锅中炖煮。它的香味来自五花肉，但也来自摆在底下的酸白菜。其他调味料用得很少。连吃时蘸的豆腐乳，我都觉得不必。

吃砂锅菜，边吃肉边喝汤，如果汤要续的话，服务员会带汤壶过来。这一点叫日本人觉得很奢侈，因为日本餐厅的服务员免费给你续的只有水和茶。大概隔几年去了两三次后，我才想通：其实底下的酸白菜起的作用也不小。而想一想，北京酸白菜的做法应该跟母亲做的盐渍白菜差不多，只是人家用的是日语所谓的“古漬”罢了。

再过些时候，有一年冬天，我在东京住家看到冰箱里有吃不完的白菜，忽而来了灵感：把它腌渍一下吧。小家庭过日子，买的是小颗的白菜；把没吃完的一半切成两半后，跟盐巴一起装在塑料袋里。过两天拿出来吃，“浅漬”的味道果然不错。再过两天，我则发现，其实塑料袋里积的水也蛮香的。于是跟腌白菜一起放入锅里，煮出来的汤非常好喝。

有趣的是，吃盐渍白菜的日本人从来没想到：“浅漬”和“古漬”白菜竟然都可以加热吃。这是因为日本人深信：盐渍蔬菜和色拉一样属于冷盘，冷冷脆脆的口感也是味道的一部分。

台湾原住民桌布

午餐桌布在日本容易买到，可在颜色花样方面，低调的占多数。我们家喜欢大红的，于是我开始用过去在旅途上买的布料来缝制“独家”的桌布。

日本年度是四月开始，三月结束。学校则四月入学，三月毕业。就大学而言，一月底期末考试考完了，二月则举行入学考试，三月各校陆续发榜，等四月新生进来。总之，从一月底到三月底之间，我等教员忙于各种行政业务，却不必上课，偶尔会有空隙的时间。比如说，这个星期，连续两天有半天的空闲。于是我想到可以缝出新的一组桌布来了。

我家用桌布，是从刚结婚去意大利度蜜月，买了一套灰绿色大桌布和餐巾回家开始的。日本商店卖的大桌布，历来多是塑胶做的，或者是表面涂氟以防水。抗污、防水的用起来省事，比起纯麻、纯棉的却难免感觉粗糙。在佛罗伦萨超市购买的虽然是廉价的合成纤维制桌布，但是摸起来很柔软，再说放入洗衣机后拿出来，已经八成干燥，也不必熨平。既好看又好用，叫我对意大利老百姓的生活质量之高有深刻的印象。

后来，每次去欧洲旅行，我都要逛卖家庭用品、厨具的商店了。巴黎玛莱区的巴诗威百货公司很出色。我在那儿买过一些东西。可还是念念不忘启蒙之地佛罗伦萨，尤其对中央市场对面的五金商店情有独钟，后来还买了深红色、黄色的大桌布。

那些大桌布主要是在家中请客时才拿出来用的。家庭成员一天三顿饭用的则是一人一条小桌布（place mat，餐垫）。不知是什么原因，日本人称之为午餐垫（luncheon mat），听起来像英文，但实际上似乎是所谓“和制英语”之一。

午餐桌布在日本容易买到，可在颜色花样方面，低调的占多数。我们家喜欢大红的，于是我开始用过去在旅途上买的布料来缝制“独家”的桌布。旅途上买布料的习惯，本来属于老公。他年轻时多次去过马来西亚、印尼等地，购买大量的当地织染、蜡染料子，尤其画有精灵、妖怪等花样的，据他说是民间艺术品。我把那些料子拿出来，截断成长方形，然后把四边用缝纫机缝好。

这项家事，说难也不难，因为只是叫缝纫机在布料上直线走一周即可。但是，打从量料子开始，把布边折起来熨平，再把缝纫机在饭桌上设好后插电，往针眼里穿通适当颜色的棉线，然后确认梭心中也有足够的线等，半天能缝出五条午餐桌布来就差不多了。因为我们家每天每顿饭都用小桌布，即使每两天换洗一次，也起码需要两套才行。每天登场三次的小桌布，我家的囤量用足足一年也没有问题。但用了两年就会变旧。这个星期，连续两天有半天空档，正适合做这一项家事。

想起当初，两个小朋友一个接一个诞生，因为带小孩子出门不容易，所以尽量留在家中做尽可能有创造性的活动。除了看书、写稿以外，看食谱做各国菜也蛮有意思的，尤其重现过去在旅途上吃过的地方风味，能带来穿越时空的乐趣。然后呢，就是动用简便缝纫机做针线活了。做午餐桌布外，曾有几年，我都相当投入地制作孩子们在庙会舞台上表演时穿的和服衣裳。并不都是从零做起，经常是买来旧和服，调整大小或进行改造。尽管如此，做出来还是够好看的。

这一次，代替东马婆罗洲蜡染布桌布的是，一年半以前，我们赴台湾环岛的路途上，在花莲老酒厂改造的文创园区对面，走进一家布料商店购买的台湾原住民布料。白底上用红色粗线刺绣的几何图样喜气洋洋，很好看。当时在老板的建议下，购买了能做一件衣服的分量，这天用大约一半就剪裁出十条小桌布的料子了。

我们前一次去台湾，在台北迪化街永乐市场买了一组客家花布做的靠垫套。这回加了花莲来的原住民小桌布，整个餐厅又多了点宝岛台湾的氛围，更何况钢琴上还摆着从前在宜兰冬山河传统艺术中心买的布袋戏人偶（他有三只眼睛，是什么角色？）。晚饭开动之时，老公要播放我们这一代的偶像林强的闽南语歌曲。我在Facebook上传了台湾原住民桌布之后，有友人指出我们是台湾的粉丝。想了想，应该是吧，没有错。

准备向冬天告别
——寒鰤

新鲜鱼类的冷藏、运输、流通有了长足进步，结果再也不必吃盐腌鱼，使得“新卷鲑”从日本人的饮食生活中逐渐消失。

冬天的东京鱼店，摆出的刺身用鱼种类不多。鲔鱼是冷冻的，鲑鱼是养殖的，中虾是进口的，最近乌贼的收获量也不多，从北海道来的干贝只有一些，幸亏还有寒鰤。

鰤鱼有天然的和养殖的，几乎一年四季都买得到。不过，冬天产卵之前钓上的天然鰤鱼身上的脂肪最多，吃起来最肥美，因而日语特地称它为“寒鰤”。日语里，“寒”字有浪漫的想象，如寒玉、寒梅等。寒鰤也给人干净、透明、高贵的感觉。

鰤鱼个头大，东京鱼店卖刺身用鰤鱼肉的时候，一般都把鱼的左右半身再切成上下两半卖。这样子，一块还会有四五百克。上半身是背部，肉是瘦的；下半身是腹部，肉是肥的。寒鰤的腹部肉肥到呈白色，跟深红的背部肉可不同。

吃寒鰤，还是尝肥肥的腹部好。到了冬天，日本很多食肆菜单上都看得见寒鰤刺身，点菜看看，出来的大概是小盘子上摆着五六片而已。也罢了，寒鰤腹部肉很肥，吃五六片会觉得差不多了。

回顾小时候，当时东京似乎很少吃鰤鱼刺身。最早普及的是养殖的小型鰤鱼（ハマチ，英文叫 yellow tail）。后来，在市场上看到的鰤鱼越来越大。吃法也可说五花八门。除了刺身以外，有照烧、鰤鱼炖萝卜，最近也流行鰤鱼涮涮锅，新鲜美味的鱼怎样料理都会很可口的。

关西出身的老公说，在他家乡，鰤鱼是年菜中不可缺席的角色。靠海的地区吃得到新鲜鰤鱼；靠山的地区则有吃盐腌鰤鱼的习惯。盐腌整条鰤鱼，要先把内脏掏出来洗干净，然后里外都抹上盐巴，跟着风干，总共需要四天时间。因为在西日本文化中，鰤鱼有崇高的地位，一些地区仍保持着年末送亲家一条盐腌鰤鱼的习惯。

于是我想起来，过去东京也有年末送整条盐腌鲑鱼的习惯。“新卷鲑”是当年常听到的名词。在商店里也看到过银色鱼皮很威风的“新卷鲑”。我结婚后，有一年收到了娘家转寄过来的“新卷鲑”，说是一个家庭吃一条就足够了。如果吃不完，可以切小在冷冻库里保存。可是，切小的盐鲑就失去“新卷鲑”的派头，跟超市里全年卖的没两样。这些年，新鲜鱼类的冷藏、运输、流通有了长足进步，结果再也不必吃盐腌鱼，使得“新卷鲑”从日本人的饮食生活中逐渐消失。

相比之下，如今新鲜鰤鱼全年都有卖，估计是鱼商预备鲔鱼缺货所致。鲔鱼的收获量早已开始受国际机关的限制了。东京鱼店有时真只有从冷冻库拿出来的货色。万一彻底没有了鲔鱼，哪种鱼能够代替鲔鱼的地位？肉质好，而且有天然、养殖两条来路的鰤鱼，果然在候补名单的最上面。

二月本来是一年里最寒冷的时候，只有梅花含苞待放才对。然而，世界天气都乱了序，今年二月东京竟有穿短袖衣服的日子。果然梅花早已盛开，轮到樱花含苞待放了。走去鱼店看看，已经有春天的味道萤乌贼登场。得赶紧再吃一次寒鰤，准备向冬天告别了。

甜蜜就等于好吃
——人见人爱的“晴見”

晴见兼具橘子和橙子的优势：口感、味道、汁量像橙子，但能用手剥皮吃。果然人见人爱。

在日本，冬天水果的代表是橘子。从十一月开始，经过十二月到一月，前后吃三个月。有小的、大的、静冈县产的、和歌山产的，有三日月蜜柑、有田蜜柑、青岛蜜柑。

冬末二月，虽然还有一些橘子卖，但市场上已看得到多种橙子以及橘子和橙子杂交的果子。四国爱媛产的伊予柑、广岛县因岛产的八朔是我小时候已经有的；前者多汁甘甜，后者少汁而酸酸的，不过酸中有甜有苦的滋味，也蛮讨人喜欢的。

用英文称“navel”的一种橙子，我长大以后才得知，原来是“肚脐”的意思，中文就叫“脐橙”。这种橙子也产于濑户内海南北两岸的爱媛县、广岛县，乃两边由陆地包围的内海气候温暖所致。

我认识的一位中国籍女性学者，留学日本嫁给了日本同学；未料，婚后每年回濑户内海婆家拜年，第一个任务便是跟先生双双爬山摘橘子、橙子。公公婆婆年纪不小，亲自采收柑橘太辛苦了；可是，当地人口在递减，雇用帮手不容易。若不摘树上的橘子、橙子，即等于任由猴子糟蹋了，宝贵的果树园会转眼之间就荒废掉，只好由两位博士挽起袖子来从事体力劳动。

柑橘的种类颇多，除了前面提的几种，还有椪柑、桶柑、不知火、濑户香、春香、清见、春见等，产地分布于静冈县以南，尤其在和歌山县、濑户内海岸、四国、九州、奄美大岛。

不同的种类有不同的形状、味道。对日本消费者而言，关键在于能不能用手剥皮吃。日本人吃水果的分量一年比一年少，根据民意调查的结果，多数人说："要削皮觉得太麻烦。"所以，宁愿买不需用刀子切的香蕉、迷你番茄来吃。剥皮吃的橘子还可以，但是非得拿出水果刀不可的橙子，马上就要敬而远之了。

我家有早晨吃水果的习惯。准备早餐的过程中，顺便切开苹果、橙子，并不觉得费事。尽管如此，拿苹果、橙子来跟香蕉、橘子等能用手剥皮吃的水果类比的话，命运还是不一样。香蕉、橘子可以放在果篮中，全家大小则可把它们跟糖果一样当零食自便。结果，每次看都减少一些；一般来说，装满一个果篮的橘子，在两天内就会消失掉。相比之下，苹果、橙子几乎从没消失过，情形跟白菜、胡萝卜等蔬菜类一样。

在如此这般的情况下，本来需要削皮的果种，若改良后能用手剥皮，命运要再次变了。看看二月从静冈县来的晴见受欢迎的程度吧。它是清见和椪柑杂交而得的新品种，而清见又是日本橘子和外国橙子杂交的结果。总而言之，晴见兼具橘子和橙子的优势：口感、味道、汁量像橙子，但能用手剥皮吃。果然人见人爱。

天然的水果有时甜有时酸。这些年，商家推出“糖度保证”的水果，买来吃了一定甜美。我们都说“跟糖果一样甜”。原来在日语里，“うまい”（好吃）和“あまい”（很甜）是同源的；甜蜜就等于好吃。尽管如此，有时我会想到：“这不是自然的味道吧？”于是买没有“糖度保证”标签、更接近自然的水果。结果，家人吃着不说话；我尝了尝也说不出赞美的话来。所以，下一次，还是改买“糖度保证”的。

我很矛盾，人很矛盾。看过贤人说的一句话：违背自然是人类自然的性质。二月在东京水果店摆的多种柑橘类似乎是最好的证明。

水的料理与火的料理
——"菜の花"

摆在饭桌上并不显眼的青菜，也在不同的地方有不同的故事。

有位四川朋友，讲起普通话，不能分辨"陈"和"程"。有一天，他叫我去市场买菜。

"你知道 qíng 菜吧？"他说。

"你说青菜吗？要哪种青菜？"

"我说的是 qíng 菜，不是青菜，你不懂啊！"人家开始对我这个外国人有所不耐烦了。

"麻烦你帮我写下可以吗？……啊，原来你说的是芹菜，这我当然懂啊！"

当时，我们身在加拿大。去当地人开的超市，只有卖做色拉吃的西芹，四川朋友要的芹菜得去唐人街菜市场才买得到。中国人所说的芹菜，其实是西芹和日本芹菜之间的大小，没错，是一种青菜。

至于日本芹菜呢，名气大到从古代起，东瀛人学六朝中国人在每年的元月七日熬粥吃的“春天七草”中列名。可是，现代日本人却不大把它当青菜吃，一般都视为葱花、山椒粉、萝卜泥、哇沙米、鸭儿芹等一类的佐料。

我小时候的东京家庭，饭桌上出现的青菜种类似乎限于菠菜、小松菜、春菊（茼蒿）。菠菜一般都水煮后搁柴鱼酱油，也就是做成“阿浸”吃。小松菜则最常出现在味噌汤里。春菊虽然是青菜，但可以油炸成天妇罗。它特殊的香味有人喜欢，也有人不喜欢。我自己从小不偏食，对春菊天妇罗、小松菜味噌汤都没有意见。对于菠菜阿浸，更可以说情有独钟。菠菜跟小松菜、春菊不同之处在于红色甜味的根。母亲偶尔用人工牛油快炒菠菜，红色甘甜的菠菜根更加芳香美味了。

我留学时候的北京，物流还不太发达，每个季节似乎只有固定的几种蔬菜而已。夏天有黄瓜、番茄、茄子；冬天有白菜、大葱、韭菜。有一次，街上忽然间到处都在卖小茴香，大伙儿就乖乖地把小茴香买回家，包起饺子来吃。也就是说，有什么，买什么，吃什么。

第二年转学去了广州，当地食物之丰富吓了我一跳。广州的萝卜比北京的大了几倍；光是青菜就有好几种：油菜、菜心、菜笋、芥蓝、空心菜、生菜等。

我去当地朋友家看看广东人怎样料理青菜吃。果然跟日本人一样，在翻滚的开水里烫一下，就拿出来，然后……然后，就跟日本人很不一样了。他们不会把烫过的青菜放入冷水里，再拿出来沥水后搁柴鱼酱油吃；而是把它直接盛在盘子上，上面搁点蚝油，接着在锅子里烧热食用油，等冒起烟来，倒在青菜上，画龙点睛。

多年后，我在一本书里看到这么一句话：日本菜是水的料理，中国菜是火的料理。日本因为水质优良，食品在流水下洗净了就能吃出香味来，例如：鲜鱼刺身、荞麦冷面、冷豆腐等。青菜最简单、最普及的吃法“阿浸”之味道，至少有三分之一来自清水。

又过了几年去中国台湾，发现菜单上写的青菜名称都是很陌生的：地瓜叶、A菜、大陆妹，不仅在东京，在北京、广州也都没有听说过。在台湾少数民族地区尝到的山苏，更有很特别的口感和味道。

诸如此类，摆在饭桌上并不显眼的青菜，也在不同的地方有不同的故事。在二月的东京，吃了三四个月菠菜、小松菜以后，终于吃得到初春的味道“菜の花”了。这种青菜跟油菜、菜心、菜笋，甚至芥蓝，应该属于同种，乃从其种子中榨出菜油来的植物。被称为“菜の花”出现在菜市场，是刚开了黄色花儿的阶段。绿色叶子带着黄色花儿，看起来就充满春天的感觉，做成“阿浸”尝尝，则能吃出春天时令蔬菜特有的苦涩味，跟幼嫩青菜的甜味合起来确实别有味道。菜之花是有季节性的蔬菜，跟一年四季都有的菠菜、小松菜不一样，因而心中不由得产生非得珍惜它、慢慢品尝不可的感觉。

姥姥的味道
——高丽菜卷

日本人做高丽菜卷吃，是明治维新以后学西方人的。

我有一次在网络上查过世界各地高丽菜卷的食谱。真没想到欧亚大陆很多地方以及北中南美洲都有当地风味的高丽菜卷。瑞典、芬兰、波兰、德国、奥地利、匈牙利、捷克、阿尔巴尼亚、塞尔维亚、波斯尼亚、保加利亚、罗马尼亚、乌克兰、拉脱维亚、爱沙尼亚、立陶宛、白俄罗斯、俄罗斯、希腊、意大利、以色列、伊朗、埃及、苏丹、马耳他、阿根廷、巴西、智利、墨西哥等国家的高丽菜卷食谱，都能够在网络上找到。

有高丽菜的地方几乎都有高丽菜卷。不过，在欧美，以高丽菜卷闻名的国家有两个：一个是波兰，另一个是希腊。

波兰的高丽菜卷，一般用碎牛肉、洋葱末和大米来做馅儿。加大米的理由，估计是碎牛肉和洋葱加热以后都会变小，大米反之会吸收水分而膨胀，结果做好的高丽菜卷会胖嘟嘟的很好看，当然吃起来也饱肚子了。

高丽菜卷的馅儿，有牛肉馅、猪肉馅，还有以蘑菇为主的素馅。希腊等地中海国家的高丽菜卷，不用大米而放入大量新鲜的香草如芫荽、大茴香等。再说，不同于中欧国家的高丽菜卷一般都在番茄酱汤里炖煮或焗烤，希腊有以柠檬酱调味的食谱。不用番茄酱而用柠檬汁的结果，希腊的高丽菜卷呈现奶油色。

于是我忽然想到：日本人印象中的白色高丽菜卷，可不可能源自地中海地区？

看过日本电影《小偷家族》的人也许记得：当树木希林饰演的奶奶去拜访已故前夫的儿子时，有个女中学生正要出去上课。她边穿上鞋子边向母亲说："晚上要吃高丽菜卷，不是番茄酱的，而是白汁（ホワイトソース）的。"

那场面表现出来的是一个中上阶级的家庭：丈夫有份高薪的工作，妻子是全职主妇，上私立中学的女儿看起来拥有双亲充分的爱而长大。（实际上，她姐姐离家出走有一段时间了，从事着风化职业，跟树木希林等没血缘的一群人合住。）

高丽菜卷的材料并不昂贵，但是做起来颇费时间，可以说是庶民阶级的大餐吧。在中欧很多国家，过年过节或过生日时，全家人的聚餐要准备大量的高丽菜卷。旅居北美的波兰人讲起高丽菜卷，则往往回忆过去说：那是"姥姥的味道"。老远传播到日本来以后，高丽菜卷的身价涨高了一层；因为是舶来食物，有文化的家庭主妇才会看着食谱做，何况要用上番茄酱、白汁等外国传来的调味料。

日本人所说的白汁，是法文、英文的 béchamel sauce（贝夏美酱），乃用奶油、面粉、牛奶做出来的浓酱。日本人常用它来做焗烤通心粉、奶油可乐饼等。日本的高丽菜卷，有“红色、白色、和风”的区别。红色指番茄酱汁，和风则指关东煮那样的柴鱼酱油味，至于白色就指白汁了。电影中的女中学生想要母亲为她做的不外是白汁高丽菜卷。

叫我想不通的是，在网络上浏览好多种欧洲风味的高丽菜卷时，几乎清一色是红色的。唯一的例外就是希腊风味。他们先把高丽菜卷在清水里焖煮四十分钟，然后混合蛋黄、玉米淀粉和新鲜柠檬汁，倒入锅中而成。混合了蛋黄和柠檬汁，味道该像美乃滋了。在纬度低、气温高的地中海地区吃有柠檬香味的高丽菜卷，可能很合适。

日本人做高丽菜卷吃，是明治维新以后学西方人的。我小时候早早就听过高丽菜卷（roll cabbage）的名字，可是家里饭桌上从来没出现过，当年的关东煮也不包含高丽菜卷。第一次吃到是上大学以后，地点是位于东京新宿东口纪伊国屋书店后面的小巷，叫做“ACACIA”的西餐厅。

那是一家一九六三年开张的老字号，高丽菜卷是招牌菜。其实，正式的店名就叫“白汁高丽菜卷的餐厅 ACACIA”。“ACACIA”是金合欢花的英文名，老一代日本人听了就会联想到曾经充满西洋氛围的殖民地：中国大连。他们也会进一步推想，这一家应该是战后从大连回来的日本人开的俄罗斯餐厅吧，就像新宿西口有哈尔滨回来的人开的著名俄国餐馆叫做“Sunggari”（松花江）。但是，

“ACACIA”推出的白汁高丽菜卷，吃起来没有奶油香味，所以不是贝夏美酱，反而有点像不大含香辛料却明显有面粉味道的日式咖喱汁，也果然配着一碗白米饭吃。关于“ACACIA”，我查来查去都查不出可追溯到大连的历史来，所以不能排除是日本人开的冒牌俄罗斯餐馆。

尽管如此，“ACACIA”的高丽菜卷，似乎为我们提供了日式白色高丽菜卷的来源。正宗的俄罗斯式高丽菜卷，上面是搁有白色酸奶油（sour cream）的。战前在大连、哈尔滨、上海等地吃过俄罗斯式高丽菜卷的日本人，后来回日本试图复原一下是颇有可能的。然而，在日本很难买到酸奶油，即使买到了也不一定讨日本顾客喜欢；久而久之，由白色贝夏美酱来代替酸奶油也不奇怪。日本经济高速增长的一九六〇、一九七〇年代，东瀛贤妻良母的一个挑战是亲手做出滑润美味的贝夏美酱。那些日本太太们老老实实按照日本老师写的食谱做菜，使得一部分日本家庭至今拥有吃白汁高丽菜卷的习惯。

我真正开始吃高丽菜卷是在加拿大多伦多单独生活的日子里。在大学餐厅和街上乌克兰面包店附设的半自助餐厅里，最受欢迎的菜肴之一便是高丽菜卷。在番茄酱汤中焗烤的高丽菜卷，吃起来味道很浓厚，不愧为多数人的“姥姥的味道”。

做高丽菜卷时，既可以在铁锅里焖煮，也可以在烤箱里焗烤。在铁锅里焖煮的话，需要四十分钟，在烤箱里焗烤则需要七十五到九十分钟。要焗烤的话，一定得用铝箔纸把烤盘密封起来，使得热蒸汽在内部环流。学生餐厅、面包店附设的半自助餐厅，都为了事先做好大量高丽菜卷，采用焗烤的方式。结果不像焖煮的那样柔软，可一样很入味，而且表面上有焗烤所致的微微焦痕，吃起来有类似锅巴的独特香味。高丽菜微微烧焦的香味，其实有点像上海式的狮子头。大量白菜和大肉丸先油煎后在砂锅里焖煮而成的狮子头，跟西方人做的高丽菜卷有共同点。

我现在做高丽菜卷，参考的是欧亚料理专家荻野恭子老师写的菜谱。荻野老师说：乔治亚是俄罗斯式高丽菜卷的故乡，而在当地，把油煎过的高丽菜卷在纯番茄酱里焖煮，跟其他地方的斯拉夫人爱用酸奶油有区别。比较一下荻野老师的书刊登的乔治亚式和俄罗斯式照片，显然就是波兰式和希腊式那样：一个沉在番茄色的浓汤里，另一个则有在清水里煮熟的清淡模样。

重复练习了几次后，我终于对做高丽菜卷有信心了。习惯了以后，难度其实并不高，跟汉堡肉饼或狮子头差不多，关键在于把整颗高丽菜放入开水里烫一烫，使一层层叶子自己分开。另一个秘诀则是把包好的高丽菜卷一个一个地油煎到稍微焦黄的地步。然后再加入罐头番茄和半杯葡萄酒，盖上锅盖焖煮四十分钟，就能尝到正宗欧陆式高丽菜卷了。当然，要来劲就可以加一点白色的——酸奶油。

3

三月

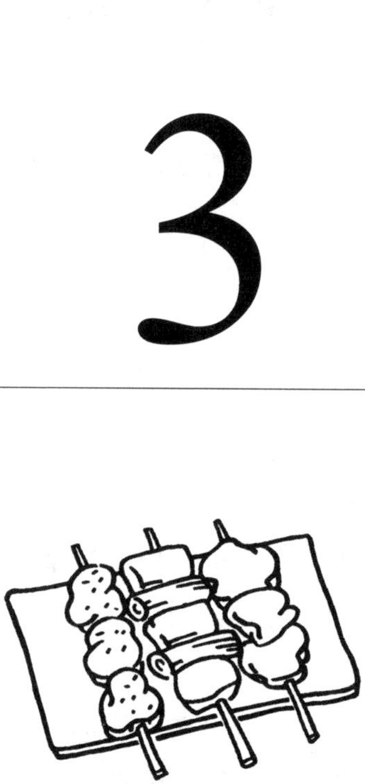

惊蛰／春分

初春的味道
——莺饼、樱饼

莺饼的季节过去了以后，跟着就来到樱饼的季节。

春天快到了，东京的和果子店柜台里，就出现莺饼和樱饼。简单而言，都是把红豆沙用糯米包起来的甜点。只是，抹上了绿豆粉就成为莺饼；把糯米染成粉红色，用盐腌的嫩樱叶包起来，则成为樱饼？

其实没那么简单。

我从小非常喜欢莺饼，觉得那软糯的口感很迷人。原来，跟一般的麻糬用蒸好的糯米捣制而成不同，莺饼用的是日文所谓的“求肥”，乃把糯米先磨碎成粉，然后加水加糖熬制的。“求肥”的做法比较接近中式年糕，吃起来比麻糬软绵，而且放久了也不容易变硬。

莺饼的样子模仿着同名鸟类的外貌。所以，不是大福、温泉馒头般的圆形，而是呈着稍微细长的椭圆形。莺的别名叫做告春鸟。听到它的声音之前，先尝尝同名糕点，跟日本人偏爱“初物”即初上市的食品有关系。至于那草绿色的粉，则跟一般的黄豆粉不一样，是把绿大豆磨碎的，因为产量少，价钱就比较贵了。

“求肥”两个字，日语念为“ぎゅうひ”，亦写成“牛皮”或“牛肥”。据说，早期用糙米和红糖制成，看样子像牛皮，可是日本受佛教影响不准吃荤，于是用同音“求肥”来代替。也有传说道：“求肥”是在日本平安时代（公元九世纪）从唐代中国传过来的，原名为“牛脾”，乃祭祀仪式上用的（我至今未能考证）。

很有趣的是，最近从多伦多来东京玩的日裔朋友说，旅居加拿大，家里却尽量给孩子们吃老家日本的食品。女儿晚上觉得饿，就会问妈妈：“能做麻糬给我吃吗？”做母亲的则一口答应道：“好啊，十分钟就可以。”原来，她的厨房常备着糯米粉，混合白糖又加水，在微波炉里加热几分钟，搅拌一次，再加热几分钟，又搅拌一次，变成了透明状就倒在淀粉上，捏成蝴蝶结状即可吃了。在多伦多的夜晚，日裔妈妈亲手做给女儿吃的消夜，其实就是“求肥”。

在我印象中，莺饼是初春的味道。我小学一年级、二年级时的班导仓田照子老师，年仅四十岁左右就得大肠癌去世了。当时我小学六年级，特别想念老师，有一天一个人坐电车去了位于东京郊区的多磨灵园，乃老师墓碑的所在地。那墓园很大很大，跟我老家的墓碑位于佛教寺庙后院规模是完全不一样的。我先到管理所问老师墓碑在陵园里的位置，然后自己走了十几分钟，才终于抵达，为仓田老师扫墓上香。一个人走在陵园里，心情特别紧张，再说来回走半个钟头路也足够劳累人。从陵园门口到电车站之间，我看到有一家和果子店。正逢初春，玻璃柜子里摆着莺饼卖。当年日本家庭的教育是不准小孩子在外头自行买东西吃的。可当时当地，我肚子实在太饿了，不吃点东西摄取糖分，搞不好要昏倒都说不定。于是我破例自己掏腰包买了一个莺饼，当场站着就吃掉了。那莺饼的味道，好吃到像梦里的美食似的。后来的几年，我每次去多磨灵园给仓田老师上香，回来的路上一定在那家和果子店买一个莺饼吃。也许是要保密的缘故吧，似乎加倍觉得好吃。直到今天，一听到莺饼，我就想起多磨灵园门前的那家和果子店。

莺饼的季节过去了以后，跟着就来到樱饼的季节。

用树叶包起来的甜点，日本有两种：一个是三月的樱饼，另一个是五月的柏饼。樱饼用的是盐腌的樱树嫩叶子，能够跟里面的麻糬一起吃，也有人（包括我本人在内）喜欢剥掉叶子纯吃里面的豆沙饼。柏树叶子倒很硬，主要起到灭菌包装的作用，从来没听过有人跟里面的麻糬一起吃。

说到樱饼，日本有两种：一个是发源于东京向岛的长命寺樱饼，另一个是来自大阪的道明寺樱饼。虽然两者均是用盐腌樱叶子包起来的，可是做法、口感、味道都不一样。

东京向岛位于旧称大川的隅田川边，就在浅草的对面东岸，现在更是在晴空塔的脚下了。那里有个佛教寺庙叫长命寺。江户幕府统治下的一七一七年，当长命寺门卫的山本新六，看初夏的樱叶子如同大雪般降下来，便想到收集洗净后盐腌保存。第二年春天，他用那叶子把豆沙饼包起来出售，果然大受前来浅草赏花的游客欢迎。他开张的山本屋，至今三百多年，一直专卖樱饼。单买的价钱是两百日圆一个，店里吃则是三百日圆，附带一杯绿茶。装在杉木箱里的，十个二千二百日圆。总的来说是相当平民化的糕点店。

东京小孩如我，从小吃长命寺樱饼长大。跟莺饼不同，樱饼是面饼夹红豆沙。被樱叶拥抱的面饼呈着樱花般的粉红色，显然是用食用红色素染上的。有趣的是，发祥地山本屋的樱饼是素净的白色，而且创始人的后代说：樱叶是为了增添香味和不让糕饼干燥，所以吃时剥掉才对。

如今东京街头也常看到大阪式的道明寺樱饼了，可是当我第一次看到时，难免深受文化震撼，乃外表相像实际却不同所致。大阪东南部的道明寺，据说是道明寺粉的发源地。那是把糯米浸在水中，蒸熟后晒干，磨碎成粉的；旧时当军粮，现在则用来做和果子。

用道明寺粉做的樱饼质感，看起来像春分、秋分吃的牡丹饼、萩饼，也就是介于糯米饼与麻糬之间。用盐腌樱叶包起来，能闻到樱饼特有的香味，蛮好吃的。而且重新加水复活过来的糯米，水汪汪的样子和软软的口感都好吸引人。若要在长命寺和道明寺两者之间选择一个的话，我大概会选择大阪道明寺，虽然我不想被扣上叛徒的帽子。

至于两种樱饼都冠着寺庙的名称，一来从前的人出门，往往是进香兼赏花、看风景，二来寺庙门前常有为进香客服务的茶铺所出售的甜点，当场吃就会成为回家后给家人讲的话柄，带回家却是定受欢迎的土产礼物。

日本家庭风景
——“雛祭”的饭桌

在日本，摆设“雛人形”玩的其实不仅是小朋友。此间的百货公司推出适合成年女性为自己买的“雛人形”。

三月三日桃花节。日本人一般称之为“雛祭”，乃把模仿古代天皇婚礼的一套“雛人形”摆出来，祝贺女儿健康幸福地过一辈子的节日。

我家的“雛人形”一套有十五个偶人：天皇、皇后、三官女、五人乐队、左大臣、右大臣。另外有“右近樱”和“左近橘”两棵树。这是我出生的时候姥姥赠送的。战后不久的年代，日本的居住条件很不好，家家房子小得可怜，于是厂家苦思恶想后代替传统上要在七段红毯台阶上摆出来的大型“雛人形”，纷纷推出了全部都能装于一个玻璃箱中，方便放在电视柜上观赏的迷你版本。即使是传统玩意儿如“雛人形”，也会随着时代而变化的。

尽管是迷你版本，姥姥为我选的江户式木刻“雛人形”，一个一个做得非常精致；我从小引以为荣，爱得要命。所以，事后三十多年，当女儿出生的时候，一点也不嫌它古老，反而喜欢有历史有故事，请父母从娘家壁柜里找出来送上门。同时，也带刚刚出生的小女孩去伊势丹百货公司，加买了新娘出嫁时要带的道具、餐具等的迷你版本。虽然这些年不大宣传了，可是“雛祭”的本意在于祈求小女孩将来婚姻美满。

我家女儿长大以后，每年二月自己把一个一个偶人细心地摆放在玻璃箱中适切的地方。然后，再买来一束桃花和每次“雛祭”要吃的点心，好好地庆祝。

“雛霰”是白色、粉红色、绿色的爆米香混合糖衣黄豆的。记得从前的桃花节也曾出售同样三个颜色重叠的“菱饼”，即三层菱形糯米糕。不过，近来好像不吃香了，恐怕是卖相胜过味道所致。还有，我小时候的“雛祭”常见到一种叫“白酒”的饮料，是蒸糯米加味淋做的甜酒。恐怕是对女孩子们的聚会来说不合适，再说大人喝起来嫌它甜腻的缘故，似乎已经绝灭了。

但这并不是说，如今的日本人不再重视“雛祭”食品。这天去逛鱼店看看吧，一定会看到平时不常卖的文蛤成堆卖着。听说这种贝类的壳儿形状，一个一个都有些独特，只有生来成对的两枚才能合上，因而成了贞节以及爱情专一的象征。一年一次买来文蛤，用昆布和清酒、盐熬成汤。吃完后的贝壳就成为小女孩们的玩具。过去的日本女孩在贝壳内侧画画来玩。

每年的“雛祭”，我都要做桃花节版本的“散寿司”。虽然不出寿司的规矩，乃在糖醋味米饭上面搁鱼类吃，可是“雛祭”吃的“散寿司”，做法和味道都可说为关西风味。首先，把事先煮好的“穴子”（海鳗）、香菇、冻豆腐以及醋泡莲藕等切成小片，混合在米饭中。搁在上面的材料，则在颜色和味道两方面都要选择感觉温柔和蔼的。比如说，白色鲷鱼肉买来以后用盐和昆布腌，或者从店家买来调味好的现成鲑鱼子。有些人家也喜欢螃蟹，主要是觉得颜色适合女孩子的节日吧。

吃着不蘸酱油的“散寿司”，慢慢喝文蛤清汤，味道确实很特别。何况也要看看电视柜上的“雛人形”，年复一年都谈到姥姥健在的时候，或者女儿刚刚出生时的时候。

想来都觉得有点好笑：日本民族究竟从什么时候起，这么喜欢玩偶人的？估计由禁止偶像崇拜的世界性宗教徒来看，肯定显得很野蛮、很落后吧？日本现代的动漫公仔热潮，似乎是基因里的“玩偶爱”呈现出新一种形象罢了。

在日本，摆设“雛人形”玩的其实不仅是小朋友。此间的百货公司推出适合成年女性为自己买的“雛人形”。我访问邻居时也发现，有六十几岁、接近七旬的大姑娘，还把从小拥有的宝贝偶人一年一度摆出来，一点一点尝着“雛霰”，跟自己心中的小女孩聊聊天。

往年的“雛祭”，节日一过就得匆匆收拾“雛人形”；据传说，否则女儿将来要嫁得晚了。今天的日本人已不大谈这一套。可是，桃花节过了，不久就得把菖蒲节（端午节）的“五月人形”摆出来。所以，还是没有多少时间可以耽搁。偶人来，偶人走，确实是日本家庭的一种风景了。

贝类的时令
——“青柳貝”＝“馬鹿貝”

日本的外带寿司店，偶尔推出“什锦贝类寿司”，因为有些人对贝类情有独钟，深受粉丝欢迎。

有朋友自远方来日本玩，我一般都在家做寿司招待他们。寿司在外头吃不便宜，可是从鱼店买材料回来自己做，并不很贵。再说，边握着寿司边聊天也有点戏剧性、游戏性吧。加上，家里大小都蛮喜欢陪客人吃寿司。

平时只为家里四口子买鱼的话，至多买两三种而已。请客做起寿司来，倘若当天在鱼店看到很多物美价廉的货，就凭灵感买十多种都不难。何况春天是贝类的时令。

日本人最常吃的贝类是蛤仔，一般做味噌汤或用清酒蒸的多，也有弄成西式的奶油蛤仔、蛤仔意大利面。小时候的回忆中，春季的一天全家去东京湾海滩，为的是“潮干狩”即挖蛤仔。地点该在今天的东京迪士尼乐园附近吧。当潮水退下的时候，蹲在潮湿的沙滩上，把平时在公园沙池里用的玩具小铲拿出来，要从沙子中挖出一个又一个蛤仔来。有一年，我们挖出来的蛤仔装满了几个桶子；自己家吃不完，还送给隔壁邻居了。

可惜呢，蛤仔是不能生吃的。能做成寿司生吃的贝类，有干贝、“赤貝”（魁蛤）和“青柳貝”（马珂蛤）等。干贝是日餐、中餐、西餐中都常见的贝类。至于“赤貝”和“青柳貝”，我小时候分不清楚，因为都有橙色的肉，只知道高级的是前者，后者较便宜，从它别名“馬鹿貝”就能知道。

“馬鹿”是日语傻瓜的意思。这种贝类为何被称为“馬鹿貝”呢？坊间有三个说法。第一种说：东京东边千叶县，从前挖得到很多“青柳貝”，最有名的产地叫“馬珂”，而日语中“馬珂”和“馬鹿”谐音，因而叫做“馬鹿貝”。第二种说：“青柳貝”盛产的时候，挖掘收获容易到不行，这“不行”翻成日语便是“馬鹿”，因而叫做“馬鹿貝”。第三种说：这种贝类经常把大斧足露出来，看起来像弱智者把舌头露出来的样子，所以叫做“馬鹿貝”。

我比较喜欢第二种说法，因为有时候逛鱼店，真会看到一个盘子上分量很多而价钱很合理的“青柳貝”，实在便宜到“馬鹿”的地步。不过，我同时也觉得，正确答案大概是第三种；因为吃这种贝类主要吃的是那舌头一般的斧足，大得跟整体大小不成比例。不过就是因为那斧足大，“青柳貝”给人很有吃头的感觉。除了做成寿司以外，跟冬葱段一起用加醋加芥末的味噌拌一拌也蛮好吃的。

日本的外带寿司店，偶尔推出“什锦贝类寿司”，因为有些人对贝类情有独钟，深受粉丝欢迎。除了干贝、“赤貝”、“青柳貝”以外，有时也会包括北寄贝、鸟贝等。但是，部分贝类如“海松貝”（象拔蚌）就跟鲔鱼肥肉或海胆一样高级，因而叫“馬鹿貝”显得更加可爱。至于鱼店常备的海螺类，经冷冻的占多数；不过，做成寿司后，跟普通鱼类口感不同，还是蛮不错的。

“花見”的野餐

在户外盛开的樱树下，喝红酒吃牛排，虽然不是什么高级品牌，但是觉得味道加倍得好。

有些传统风俗随着时间而逐渐消灭，有些却越来越旺盛，例如中国台湾的妈祖巡礼、日本的“花見”即边赏樱花边吃喝的习惯。

传统上日本人吃野餐，似乎只有春天樱花盛开的时候，犹如汉人在清明节扫墓时候吃寒食，或者几乎同一时段里踏青春游。在近代以后的日本，小学的运动会也成了家长和地区居民在户外看着孩子们跑呀跳呀吃便当的场合（太宰治《津轻》中有生动的记述）。到现代，年轻伙伴们抑或小家庭去公园、河边烧烤或野餐的活动，虽然也普及到一定程度，可是，能称得上国民性活动的，似乎还只有“花見”。

不必说，有满街都是的樱花盛开，才会有“花見”这样的活动。再加上三月底和四月初是日本新旧年度切换的时候，所以在很多日本人的记忆里，别离的背后就有樱花。

白色带粉红色的樱花所表达的意念，不仅是美丽和温柔，还夹着些别离的痛楚。

我家住在以公路两边的樱花闻名的东京郊区国立大学通附近。每年这个时候，很多人特地过来散散步，拍照片，在路边长凳上坐下来吃串团子或便当。刚结婚搬过来的时候，我们也曾约朋友们一起在大学通的樱树下摊开席子吃吃喝喝过。后来，有一次被路人批评说我们那样做是伤害樱树根的，颇觉没趣。之后改去稍远的小溪边能生火吃烧烤的地方了。

吃野餐时，倘若除了寒食以外，还能准备点热的暖的可以吃，算是高级一点了吧。再说，大家也应该会同意吃烧烤最好在水边。尽管如此，在日本并不是哪里的水边都可以生火做烧烤的；主要是住宅区不宜影响附近居民闲静干净的生活。所以，东京两大河流之一，多摩川边不少地方已经注明禁止生火烧烤了。幸亏我们找到了流入多摩川的一条小溪，恰好一边是球场，另一边是公共设施，野餐时不会影响到居民的私人生活。再说，溪流两边是土堤，樱树种在其上边。我们在堤上的樱树和谷底的小溪之间找个平坦的位置席地而坐，不会伤害樱树根。这样子，在良心上以及在别人眼中都比较说得过去了。

至于烧烤的方式和内容呢，我们在过去的十几年，不停地尝试而改善。最初，老公要带木炭和陶器炉子去，等木炭红透了，则烤鸡肉串尝尝。气氛是蛮好的，然而当场要给木炭着火，有时颇费时间。当时年纪还小的孩子们，肚子饿等不及，先吃起别的什么。可那么一来，负责烧烤的老公心也急起来，大家逐渐说话都少了。最后败兴而归，真不知当初究竟为何而去。

后来，我们都想开了。带孩子们去“花見”烧烤，不用木炭，带平时放在饭桌上用来烤肉的岩谷牌小型瓦斯炉去。至于烧烤的内容，也最好华丽一点。具体而言，不做日式串烧或韩式烤肉而吃西式牛排。调味用的是意大利式的椒盐大蒜橄榄油。主食则带法国面包去。饮料就要红酒和饭后喝的咖啡。另外准备当冷盘的芝士和甜点巧克力，可以说是相当完美的一餐了。

我家四口子一年一次去“花見”，老公负责采购和一切准备。东西都齐了，大家骑自行车出发，大约二十分钟后便抵达我们秘密的小溪了。虽然离溪水走路五分钟的地方就有汽车奔驰的大马路，可是甚少有人知道走下去一点点就有这么适合“花見”烧烤的地方。在户外盛开的樱树下，喝红酒吃牛排，虽然不是什么高级品牌，但是觉得味道加倍得好。怪不得近来不大愿意跟父母一起活动的大孩子们，也会尽量配合时间来参加一年难得一次的“花見”。

有趣的是，看看Facebook才发现这几年的“花見”，我们似乎都在三月二十九日举行。大自然的魔术叫满街都是的樱树，竟在同一天一下子盛开出花朵来，真了不起哟。

趁机吃，尽量吃
——竹荚鱼塔塔尔

在我印象中，这是从春末到初夏天气好的日子里，打开窗户被风吹着吃的味道。怎么现在在三月底就吃了？

很多鱼名在日文里和中文里都用相同的汉字，例如鲑鱼、鲔鱼、鲭鱼、鲣鱼、鲷鱼等。为什么偏偏这种鱼，日文里是“鯵”、中文里倒是“竹荚鱼”呢？

但是说到竹荚鱼，料理过这种鱼的人，大概都明白名字是如何来的。因为鱼身两边的皮上有硬硬的大鳞片，的确像是竹子片贴住了不好剥下的样子。

在日本，竹荚鱼的季节原来是从四月到七月。可是，近年来地球暖化，叫它们早一点到日本海域来了。三月倒数第二天，在鱼店看到了一篮四条卖七百九十日圆的竹荚鱼，我就忍不住买了一篮回家要做“鯵のたたき”（竹荚鱼塔塔尔）。

本来应该可以做成刺身吃的新鲜鱼儿，鱼店纸牌上写的推荐菜式中有火烤也有油炸，但偏偏没有“刺身”两个字。原因无他，这种鱼儿的肉偶尔含着白色细长寄生虫，如果不小心吃掉了，又吐又拉非得折磨一整晚不可了。所以，对爱吃生鱼却害怕寄生虫的胆小吃货如我来说，做成“たたき”（塔塔尔）是退而求其次的方案。

小时候，母亲做的菜肴中，这算是我最喜欢的一种。先把生鱼肉切成丝，然后转个九十度，再切成颗粒状，然后放入青葱花和姜泥或者蘘荷末，用刀背打几次，呈塔塔尔牛排一般的状态，就可以享用了。这么做的理由，不外是要让凶恶的寄生虫彻底死灭。可是，古人都说人间万事塞翁马，这么做了以后，本来就味道爽快的新鲜鱼肉再增添了葱姜蘘荷等的刺激，可说变成另一种料理了。在我印象中，这是从春末到初夏天气好的日子里，打开窗户被风吹着吃的味道。怎么现在在三月底就吃了？

日本鱼店卖的鱼类，一年四季加起来，远远不止一百种了吧。可是，要弄成这样子吃的，就只有竹荚鱼一种而已。料理名中的“たたき”，用日文写成“叩”即“拍”的意思。也在春天上市的鲣鱼，在四国高知县要料理成同名的“たたき”，可那是让外边烧焦后马上放进冰水里，切成厚片刺身吃的，跟“竹荚鱼塔塔尔”是两码事。

最近媒体上常说，吃青鱼对身体和脑子都好。我从小就最喜欢吃竹荚鱼、沙丁鱼、鲭鱼、秋刀鱼等青鱼类。今天做好“竹荚鱼塔塔尔”吃，有鱼肉包含的什么营养素（EPA? DHA?）直接冲击大脑一般的爽快感。再说，既下饭又下酒，吃得舒服极了。这么好吃的东西，四人份才卖七百九十日圆，一人份竟然不到两百日圆；不吃就对不起老天爷似的。于是趁机吃，尽量吃。

胜利的声音
——沙丁鱼吉利

对小孩、年轻人来说，炸物似乎有特殊的吸引力。

日文中，油炸食品大体上有“天ぷら”（天妇罗）和“フライ”（fry）之别。（其实，还有一种“唐扬”，改天再谈！）前者放入热油之前，抹上的只是面粉和水，最多再加点生鸡蛋而已，后者则一定要抹上面包渣了。虽然面包渣也用在西式烹调中，但好像只有日本人又将其细分成“生面包渣”和“干面包渣”。“生”的面包渣跟刚刚出炉的吐司一样软绵绵，“干”的则像米果渣一般脆。凡事喜欢软绵绵（ふわふわ）的日本人，把“生面包渣”抹在鱼呀、肉呀、蔬菜呀身上以后放进热油中，出来的时候薄薄的外壳变得脆脆（さくさく）的，但不到硬得要刺伤嘴的地步。

在日本人的脑海中，天妇罗是日本菜，fry则是西方菜。天妇罗的材料有虾、香鱼、各种蔬菜，吃的时候要蘸以酱油和味淋为主的“天汁”。fry 的材料则是猪肉、鸡肉、汉堡、牡蛎、虾、干贝等，吃的时候就要蘸早期舶来的“伍斯特沙司”（辣酱油），有时也会用上柠檬汁、塔塔尔酱和洋芥末。

昨天在鱼店买竹荚鱼的时候，我也看到了旁边有沙丁鱼，一篮八条卖四百九十日圆。虽然鱼身比较小，但是勉强能做上四人份的晚餐，尤其裹上面包渣后油炸的话，吃头就更大了。去一次鱼店买到两顿饭的鱼肉，第一晚吃和食，第二晚吃洋食，不亦乐乎！

吃 fry 的时候，我的习惯是做高丽菜色拉当配菜。这种色拉德国人、俄国人都吃，维基百科说是源自荷兰。总之，把切成丝状的高丽菜、胡萝卜、洋葱混合后，用醋、油、盐、糖、胡椒调味。吃炸物怕油味重，可是吃了高丽菜色拉就能调和过来。另外再煮一锅西味饭，乃用橄榄油把生米和洋葱末炒几下后，倒入鸡汤煮成的米饭。全部三样饭菜都能盛在一碟盘子上登场，比起一个人就需要用好几个碗盘的和食，饭后洗碗的任务少很多呢。

对了，吃 fry 可蘸伍斯特沙司、柠檬汁、芥末以外，准备自家制的塔塔尔酱就是画龙点睛了。这种酱一般以美乃滋为主，再加上煮鸡蛋碎、醋泡黄瓜碎、洋葱末即可。近来我常常以除去了部分水分的酸奶来代替美乃滋，因为如此做油分和热量都会低一点，结果可以不怕发胖而尽情吃塔塔尔酱了。

对小孩、年轻人来说，炸物似乎有特殊的吸引力。用 LINE 通知一下我家老大老二，今晚的菜肴是沙丁鱼 fry，他们都会准时回来在家吃晚餐。大孩子的母亲懂得尽量少说话以免惹麻烦，可是在心里呢，一个人哈哈大笑！那当然是胜利的笑声了。

4

四月

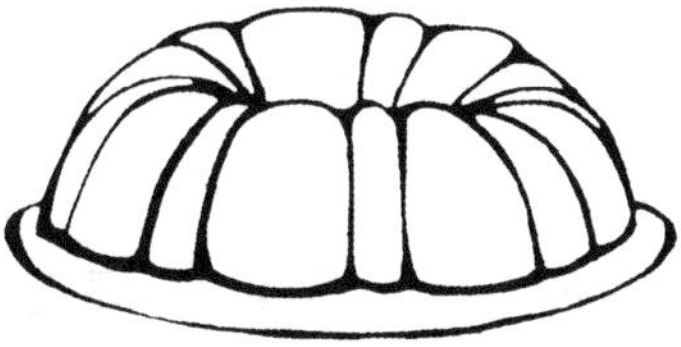

清明／谷雨

“三寒四温”的炸鳕鱼

一般的孩子都会嫌鳕鱼骨头多，我却是天生的老饕，从小懂得欣赏鳕鱼皮的质感和味道。

日本的春天气温变化很大，也就是气象预报常说的“三寒四温”。有三天冷飕飕以后，接着会有四天暖和和。再加上地球暖化，时令食物也真有点乱了套，否则，怎么吃过了竹荚鱼以后，在饭桌上又出现了鳕鱼？

在世界很多地方，干鳕鱼压倒生鳕鱼。盐腌后风干的鳕鱼，泡水复原再料理，费事得很。可那是没有冰箱的时代里长期保存鱼类的方法。日本是岛国，四围都是海。除了山区以外，吃生鱼很方便。所以，日本人吃鳕鱼基本上是吃新鲜的。只是，从北方较远处运过来的鳕鱼，没听过有人生吃。

东瀛最普遍的鳕鱼吃法是冬天做成火锅。因为鳕鱼本身的味道淡，颜色也浅，所以做火锅也以几乎透明的昆布汁为汤底，跟豆腐块、大葱段、白菜段等白色的食材一起煮，捞起来吃的时候才蘸“椪醋”，即柑橘类的汁跟昆布酱油混合的调味料。

日语把那种火锅叫做“鳕散”，小时候在我家算是冬天的豪华菜肴。父亲边喝点啤酒边吃的晚餐，冬季里每周几次都是只含豆腐和蔬菜的火锅：汤豆腐。母亲额外放入了一些鳕鱼块，使它变成“鳕散”，父亲会很高兴。家里的五个小孩中，只有我一个从小爱抢父亲吃的东西。再说，一般的孩子都会嫌鳕鱼骨头多，我却是天生的老饕，从小懂得欣赏鳕鱼皮的质感和味道。

至于鳕鱼肉，不知是什么原因，鱼店偶尔也推去除了骨头去除了皮、为西式料理准备的鱼肉。在推荐菜式的牌子上，店家写着：奶油煎、油炸等。每次遇到它，我就要买回去做英国式的炸鱼薯条。这种菜我在伦敦吃过。在英国殖民地时的香港吃的次数最多。在回归中国以前的香港有炸鱼薯条的专卖店，也有卖三明治的柜台兼售炸鱼薯条的。看过王家卫《重庆森林》的人也许有印象：光临兰桂坊“深夜快车”三明治店的警察，一个是金城武，另一个是梁朝伟，他们向柜台里的王菲要的快餐中，就有炸鱼薯条。

英国式的炸鱼是把大块鱼肉整个油炸的。在日本家庭吃，我会把鱼切成小块，以便用叉子叉住了蘸塔塔尔酱一口吃掉。烹调过程中，不同于日式天妇罗，用啤酒或牛奶而不用清水来搅拌面粉，然后再加点发酵粉。炸好后的外皮口感会硬，可是跟软嫩的鳕鱼肉呈对比，吃起来也蛮有意思的。例如“鳕散”中，水煮的鳕鱼肉会变柴，可是油炸起来却变得很嫩。这一点使它成为炸鱼薯条的首选材料。我也试过炸鲑鱼，可是效果没有炸鳕鱼好。

冬天快要过去的时候，发现了鱼店有去骨去皮的鳕鱼肉。不像日式天妇罗要准备鱼虾蔬菜等好几种材料，这种菜式只需要两种东西：鳕鱼肉和马铃薯。即使自制塔塔尔酱，还算得上是一顿便餐；不妨炸得多一点吧。成堆的炸物，大人也许害怕，但是小孩子和年轻人却永远欢迎。看他们大口大口吃也是大人的乐趣呢。

春天的豆子

春天的豆子，甜味里含着一点苦涩和异味，有点像野菜，味道既细腻又野性。

日本的春天是豆子的季节。有豌豆、蚕豆、蜜豆、四季豆等。其中，豌豆和蚕豆都很少在市场上看到，所以，看到了就一定要买。要是豌豆，则当晚就要煮豌豆饭了。只是把豌豆放入电饭锅里，跟大米一起煮罢了，至多加点盐和清酒以及一片昆布。简简单单，可是这样煮好的饭会散发出豌豆的香味来。对我来说，那就是春天的香味，一年非得吃一次不可。

我对豌豆饭有神秘的记忆。小时候，大概我三四岁的时候吧，有一次，母亲带我去某个人家住了一夜。我不记得那个人是谁，只记得是一个男人。他跟年老的母亲住在一栋有院子的日式木造平房里。晚上，老太太请我们吃的豌豆饭非常好吃，至今仍印象深刻。大概那晚是我平生第一次尝到豌豆饭。豌豆饭虽然不是什么高级食物，可当时我们家住在很多人整天都忙来忙去的寿司店里，一天三顿饭势必吃得简单。何况母亲是老板娘的小媳妇，当然吃不上豌豆饭那样做起来费心思的美味。我也记得离开那个神秘的男人的家以后，母亲牵我的手，回到东中野电车站附近的“朝日鮨”去。车站到寿司店，走路才三分钟而已，平时一下子就到。那天却不一样。我们从检票口所在的二楼走下来，到马路上了，但母亲一时似乎犹豫似的站住，从一百米远的地方望着“朝日鮨”的牌子。我问母亲：“怎么了？”可她不回答。我一直搞不清楚究竟发生了什么，却长期在脑海里留下豌豆饭的香味和唯一一次伫立着望自己家的镜头。

春天的豆子，甜味里含着一点苦涩和异味，有点像野菜，味道既细腻又野性。

我对豆子的爱，大概是从父亲那里遗传下来的。他年复一年，夏季每天晚上都喝着啤酒吃毛豆，冬天则天天吃花生米。春天，他大概也吃了一两次蚕豆吧。那特殊的味道，我哥哥弟妹都不喜欢，只有我一个人喜欢得要命。最早该是跟父亲要一粒吃的。

中文的四季豆，日文叫做“隐元豆”。隐元是明末清初从中国福建省福清来日本定居的和尚之名字。据说，他不仅把禅宗传到日本来，而且把原产于南美洲的豆子介绍给了日本人。记得小时候，我们也曾称之为“泥鳅隐元”，因为这种豆子的形状有点像泥鳅。奇怪的是，并没有叫它为“泥鳅豆”而叫它为“泥鳅隐元”，好比中国来的和尚长得像泥鳅似的！

正如中文叫做四季豆，它一年四季都会有，可还是到了豆子的季节春天，在菜市场才能看到物美价廉胖嘟嘟的“隐元豆”。小时候的饭桌上，那是常见的食材。母亲会把它放进味噌汤里，也会抹上面糊炸成天妇罗，有时候也清煮后跟美乃滋色拉酱一起吃。

我自己长大以后喜欢上了中餐里常见的肉末四季豆。除了猪肉末以外，还放入榨菜末和虾米调味，那是日本菜中尝不到的异国味道。所以，学会了以后颇有成就感。现在我家人也个个都爱吃了。

萤乌贼搬家

东京人吃萤乌贼，一般在开水里烫过，用筷子夹起来蘸“醋味噌”吃。

萤乌贼的名字，来自它在夜里海中跟萤火虫一样发光的形态。据说是为了吸引异性，光听起来就觉得好美。在日本海边的富山湾，从二月到五月，每年萤乌贼的产期夜里都有观光船带游客出发，要在海上鉴赏那神秘的景色。

日本传统的短型诗歌俳句里，萤乌贼是晚春的“季语”之一。我曾在海外漂泊的日子里，有一年春天回家乡日本，吃到了新鲜的萤乌贼以后，再也不想走了。正如住在海外的中国台湾人始终怀念卤肉饭，中国香港人则想念叉烧饭一样，日本人老想着生鱼片。有些海产如鲑鱼、章鱼，如今在海外超市都能买到了。可是，萤乌贼这种只生息于日本附近海域的海产，在国外能吃到的机会少之又少，因而特别会唤起浪子的乡愁来。

在日本，富山湾的萤乌贼跟骏河湾的樱花虾一样，被视为属于特定地区的产物。所以同样是萤乌贼，在相隔几百公里的兵库县捕到的就说不上是特级的，价钱便宜好几成。物美价廉不是很好吗？这就很难说了。因为说到天然食物，产地是牌子，名产地来的就是名牌，正如大间的鲔鱼以天价卖出去。

不过，在鱼店比较看看富山县产和兵库县产的萤乌贼，都是四五厘米长的小卷模样，看样子是一样的。又不是请稀客，而是自己人吃的家常便饭，买便宜的没有什么不适当吧？只是回到家，端上饭桌，家人问道："是富山湾的吗？"负责采购的主妇却回答说："好像萤乌贼最近集体搬到兵库县去了。"

东京人吃萤乌贼，一般在开水里烫过，用筷子夹起来蘸"醋味噌"吃。"醋味噌"是味噌、砂糖、白醋、芥末混合而成的，若需要亦可加点水。偶尔有人出差、旅游去富山县，在产地买"冲渍"送过来，那真是海珍了：把活生生的萤乌贼用盐腌到稍微发酵，特别下酒。另外，有些关东煮专卖店，也会把穿了竹签的萤乌贼放在方形锅里跟其他材料一起煮；既可爱又好吃再加上很特别，果然讨众人喜欢。

懂得享受笋的味道——“竹の子”

在日本，吃笋一定要由“木芽”即花椒树嫩叶陪伴，吃笋饭时撒上几片。

日文里“笋”字念成“竹の子”。都说京都的笋是全日本最好吃的，可是我住在东京，京都在四百公里之外呢。即使买当天早上从京都的土地里挖出来的货，到了东京的时候肯定过了好几个钟头，该已经开始变硬了吧。毕竟“笋”是“竹の子”，随着时间就要变成竹子的。

日本人认为，吃笋的话，最重要的是趁新鲜。小时候，我有一次跟小阿姨和她朋友们一起去千叶县大原地区山中的竹林。没想到挖笋根本不像在温室里摘草莓吃那么轻松愉快，反之需要很大的力气。手抓着铁锹使劲，不久额头上便流出汗水来，简直跟土木工程一样。几个大人花几十分钟好不容易挖出来的笋，当场要切成刺身生吃。“笋的刺身？”当时我年纪小，还以为说刺身一定是指生鱼，所以，当大人们在竹林正中间，把切成片的生笋蘸着酱油吃时，我满脑子不以为然。

懂得享受笋的味道是什么时候？记得二十出头时，第一次去台北，吃上了冬笋，是弄成冷盘的。那味道、口感，真特别。

我开始每年买当地产的笋煮来吃，是结婚后在东京郊区定居以后的事情。把买来的笋放在锅里，加一把米糠和一根辣椒煮上一个钟头。日本人相信，米糠和辣椒会除去笋的苦涩味。然后，把煮好的笋留在锅中等待自然冷却。准备晚餐时，把根部较硬的地方切成小片煮成笋饭；靠近尖端较嫩的地方则拿“木芽味噌”（山椒豆酱）拌一拌。在日本，吃笋一定要由“木芽”即花椒树嫩叶陪伴，吃笋饭时撒上几片。若做“木芽拌”的话，就得拿一把嫩叶子磨碎后，加味噌、芝麻、白糖、清酒好好搅拌。我用的是台湾的客家餐厅用来做擂茶那样的擂钵。呈绿色的酱充满着“木芽”的刺激味和香气，好迷人的。这么一来，吃笋简直是吃“木芽味噌”的借口一样。

有一年，好几个朋友不约而同地送来竹笋，都是已经煮好放在水中的。煮好的笋不会变硬，但容易坏掉，所以得赶紧吃。我按照日本的规矩，先煮笋饭，然后做“木芽拌”，但是还剩下很多。于是想起在台湾客家餐厅里吃过的炒笋片来。其实，那跟日本拉面上常常出现的“笋干”差不多。我心里想：如果吃不完的话，就冷冻保存也应该可以吧？未料，用芝麻油和辣椒、酱油炒好的笋片特别受全家大小的欢迎，一下子就给吃光了。

今天又烤了香蕉蛋糕

替她烤着香蕉蛋糕，自己也想起很多很多年前的痛楚来。

这些天，我常常烤香蕉蛋糕，为的是鼓励需要被鼓励的孩子。青春期谁没有遇到过问题？做妈妈的想要鼓励正处于青春期的孩子。前些时，听到她说想吃香蕉蛋糕。起因好像是宇多田光，她在 Twitter 上写："一边为小孩烤香蕉蛋糕，一边写起曲子来，一时太投入了，忽而闻到香蕉蛋糕烧焦的异味，糟糕！"

名歌手觉得糟糕，情况确实有点糟糕。可是由旁人听来，还是足够教人羡慕的生活片段。既有才华又有家庭的女性，日常生活中跟常人一样不完美，会犯小错误，发生小失败。青春期的孩子既要吃甜的，又羡慕有才华有家庭的明星。我至少能给她烤香蕉蛋糕。那么就烤吧。吃完了再烤吧。

烤香蕉蛋糕一点也不难。就把熟透的香蕉用叉子压碎成泥状，然后跟面粉、白糖、奶油、牛奶、鸡蛋、发酵粉、苏打粉、香草精一起搅拌起来，灌入模子里，以一百八十摄氏度烤上五十分钟。等待冷却后，切成八块。这样子每一块会够大，能摄取的糖分也够多。

蛋糕有很多种。光用家里常备的材料，亦可做苹果蛋糕、胡萝卜蛋糕等。可是，小朋友喜欢香蕉的名称、形状、味道、香味。大了一点的孩子会凭它想起更小的时候来。正在逐渐长大，慢慢离开孩提时代，所以更加想念小时候，以及代表小时候的香蕉。做妈妈的很久很久以前也曾是个小朋友，然后也是个青春期的孩子。替她烤着香蕉蛋糕，自己也想起很多很多年前的痛楚来。

所以，今天又烤了香蕉蛋糕。有青春期的孩子吃香蕉蛋糕多好。青春期的孩子说：将来要过烤香蕉蛋糕的日子。可以啊，你烤吧。

这么大的便当盒里

于是过去二十年，我每年春天把当地土产“蕗”买回家，做好的两种菜，都分给了老公和自己两个人，从来没想到让孩子们也吃。

春天的蔬菜、野菜，很多都有苦涩味。除了竹笋，“蕗”也是其中之一。

日语的“蕗”，日中字典说是“蜂斗菜”或“款冬”，可是在网络上看“蜂斗菜”和“款冬”的照片，又不大像日本的“蕗”。日本的“蕗”有长达一米，直径约一厘米的花茎和大大的叶子。那叶子大到北海道爱努人的传说中，有种小矮人叫克鲁波克鲁就住在那叶子下。

四月某一个星期六早上，我在家附近的火车站广场一角落，看到属于非营利组织的几个中年人，摆摊卖当地农家种植的一些蔬菜，其中就有“蕗”。卖两百日圆一把，蛮便宜的。何况一年中，碰上“蕗”的星期六没有几个。几乎每年，我买了一次“蕗”以后，第二次往往就是下一年的事了。

一把“蕗”有差不多十根吧。长长的花茎和大大的叶子，可以做成两种菜。花茎跟油豆腐一起放在柴鱼汤里，加淡色酱油、味淋、砂糖煮。叶子则用芝麻油炒一下，再加昆布丝、浓酱油、清酒和“鷹の爪”辣椒，熬煮到呈现咸菜状为止。“鷹の爪”是什么？就是一般的红色干辣椒了；只是日本人喜欢用动物、植物、气候现象等自然的比喻罢了。所以，粉丝变成春雨，红烧油豆腐叫做狐，野猪肉变成牡丹肉。

闲话休提，讲回“蕗”吧。带回家以后先洗干净，然后把花茎和叶子用刀切断，以便放进大锅中在沸水里焯一下。等锅里的水再沸腾起来，就可以把热水倒掉，重新往大锅里注满冷清水，让“蕗”的花茎和叶子泡上两三个小时，叫苦涩味出来。

开始做晚饭时，先要在水中把花茎的“筋”（すじ）去掉。食物中的“筋”，因为影响口感，所以事先除去为佳。可是，日语中，“筋”也有“条理”的意思，乃正面而褒义的。就因为如此，在此间小朋友们爱唱的绕口令《这么大的便当盒里》中，“蕗”的形象相当好。听听小朋友们唱：

这么大的便当盒里，要把饭团装进去，搁上酱姜、芝麻盐、胡萝卜桑、樱桃桑、冬菇桑、牛蒡桑、有洞穴的莲藕桑、有条有理的蕗桑。

これくらいの、お弁当箱に、お握りお握りちょいと詰めて、刻み生姜にごま塩ふって、人参さん、さくらんぼさん、しいたけさん、ごぼうさん、穴の空いた蓮根さん、筋の通ったふ~き。

这首绕口令说起来并不难，只是要重复地说得越来越快，伴随的手势则要做得越来越小。也就是说，从一本杂志那么大的便当盒开始，要重复几回同一段台词和动作，直到便当盒缩小成火柴盒那么小为止。而且每一次说最后一句“有条有理的蕗桑”时，得用右手指头把左手胳膊从指头一路到腋下搔一番，之后又把右手带到嘴巴前边来，噘一噘嘴呼呼地“吹”出一口气，因为日语中“蕗”和“吹”谐音！

可见乍看之下单纯的小孩子游戏中，其实包含着许多信息。可以说，由于这一首绕口令，日本全国的小朋友们不仅都听过，而且重复地喊过“有条有理的蕗桑，呼”。只可惜，在现实中，他们吃到“蕗”的机会不多。一来跟其他蔬菜如胡萝卜、冬菇、牛蒡、莲藕不同，“蕗”时令的季节很短，二来春季野菜有苦涩味，小孩子一般不大喜欢，做父母的也不会强迫吃。

《这么大的便当盒里》是一九七〇年代开始通过电视儿童节目普及日本全国的。当年日本的饮食还比较传统。孩子们偶尔有机会吃到“蕗”，而在清贫的日本长大的我们这一代，即使遇到不大合口味的菜肴也不会公然拒绝，反之乖乖地吞下去了事。那样子过了十来年，最初的小朋友们逐渐成长为大人，慢慢懂得欣赏野菜味了。然而，后来的半世纪里，日本街上到处都是美式快餐店、家庭餐厅。从小吃汉堡包、薯条、披萨、炸鸡长大的孩子们，对味道苦涩、调味简单的野菜，抗拒大于容忍。说实话，今天在网络上看看按照绕口令台词去做的便当照片，一看就是传统、端正、低热量、高营养的日本料理，做给老人吃，保证大受欢迎；但是，做给小孩子吃没肉、没蛋、没美乃滋的便当？可以说，自讨没趣，不做也罢。

于是过去二十年，我每年春天把当地土产“蕗”买回家，做好的两种菜，都分给了老公和自己两个人，从来没想到让孩子们也吃。绝不是因为吝啬，而是不要自讨没趣。可是，今年，我忽然想到儿子已经成年了，女儿也快了。近来他们跟朋友们出去，在外面会吃到之前在家没兴趣吃的一些东西。所以，这天我第一次把稍甜的花茎煮物分盛在四个碗里，放在个人筷子旁边。至于颜色、味道都更浓而且辣的“伽羅（日语“沉香”之意，指棕色）蕗葉”，我不敢冒险也舍不得浪费（难道我还是吝啬？），所以只能等到下一次了。

稍后开饭，两个小孩连问都没问是什么东西，就直接吃个干净了。做父母的对孩子们口味的成熟，心下稍微吃惊，可也没特别说什么。只是一如往年，吃着时令的“蕗”，彼此说：春天的野菜，这独特的苦涩味真好！

人文的味道
——草莓、枇杷

在透明的塑胶盒子里，每一粒都垫着一块海绵，简直是宝宝一般地被保护着。用手拿起来去皮后，果肉也像胖嘟嘟的小娃娃，美得很。

本来，每一种水果都该有自己时令的季节吧。尤其在日本这样位于温带、四季分明的国土上。可是，如今很多农产品都来自温室；有些水果的上市时间一年里竟长达半年。

最好的例子是草莓。

每当十一月中旬我家女儿过生日的时候，我都会买该年第一波的草莓，用来做她的生日蛋糕。那是温室来的货，果子比较硬而且有点酸。还好夹在蛋糕之间、鲜奶油之中，主要贡献是美丽如宝石的红颜色。

每年一月，带孩子们到姥姥家拜年的时候，弟弟弟妹带来一大盒草莓。他们买来的是静冈县产的红脸颊牌，味道很甜蜜，简单用水洗了以后，捏着叶子直接吃就很好，不必加炼乳什么的。

一月、二月、三月，草莓的季节持续。据民意调查，草莓是日本人最喜欢吃的水果，全国各地几乎都有生产，每年总产量达十五万吨。过去五十年在日本，水果的质量改良可观，个个都很甜蜜，而且新上市的品种大多都有动漫女主角一般的闪亮名字：枥乙女、枥姬（枥木县）、乙女心（山形县）、福遥香（福岛县）、弥生姬（群马县）、彩之香（埼玉县）、房香（千叶县）、粒浪漫（富山县）、美浓姬（岐阜县）、梦香（爱知县）等。

家附近的水果店老板告诉我说：草莓的巅峰期其实是三月和五月，就味道来说，五月的草莓最好吃，因为是露天栽培的。那么，从十一月到三四月，虽然在市场上一直看到草莓，最好少吃一点，免得吃太多而吃腻。

日本的四月到五月是春天和夏天交集的时候。这个时候会出现一些稀少的水果。例如，枇杷。日本全国的总产量才三千吨，即草莓的百分之二。

枇杷原产于华南地区。日本的江户时代，“唐船”载各种稀有物品到当时日本唯一的开放港口长崎来，其中就有枇杷。于是直到今天，日本最大的枇杷产地是长崎县，产量占全国总量的三成，而且枇杷品牌中有长崎早生等名字。有趣的是，我后来去香港发现，中药中，枇杷是很有效的止咳药。当时我一咳嗽，就买川贝枇杷露来吃，果然很有效。于是觉得很好奇：怎么枇杷的药效没传到日本来呢？

以前，日本人多住木造平房的时候，后院里常常种着枇杷树。我小时候在新宿住的房子，隔壁家的后院里就有高高的枇杷树，叶子是细长的浓绿色，每年到了这个时候，树上结起淡橙色的果子来。由当时的我看来，那是公共浴池里卖的水果牛奶的颜色，好迷人的。记得有一年，我想办法要摘下来吃；结果没成功，却被隔壁的主妇看见了。隔天她给我母亲送来几粒枇杷。我一听母亲讲就羞得脸都红了。母亲似乎看出来是怎么回事，二话不说就全部都塞在我双手上。那些枇杷很小很小，我用手指去皮后咬住：果肉硬，果核大，几乎没得吃，再说味道也很淡，教人彻底失望。

如今在水果店看到的枇杷就很大了，比乒乓球、高尔夫球都要大。因为枇杷果子容易受伤，所以在透明的塑胶盒子里，每一粒都垫着一块海绵，简直是宝宝一般地被保护着。用手拿起来去皮后，果肉也像胖嘟嘟的小娃娃，美得很。下决心咬住吧，牙齿碰到黑溜溜的大果核以前，往口腔里流入了一点果汁。跟那几十年前隔壁家后院里长得瘦瘦的枇杷比起来，明显尝得出改良的效果。可是，可是呢，今天在水果店买到的好几十种水果中，枇杷味道之淡，也可以说是数一数二的。它的好敌手几乎只有无花果了。

尽管如此，一年一次，我还是愿意买枇杷吃；正如我也愿意买无花果吃。所吃到的，与其说是一种水果，倒不如说是回忆或是历史。总之，是人文的味道就是了。

全是春天的香味
——“新一”“新玉”“新人参”

学学法国人，做“新人参”色拉，由“新玉”薄片陪伴，再配上刚刚蒸熟、热呼呼的“新一”加奶油，桌上全是春天的香味。

日本超市的蔬果部门，经常出售“咖喱用菜”；看看塑料袋子里有什么，果然是一颗马铃薯、一颗洋葱、一根胡萝卜。这是因为普通日本人在家做咖喱吃，除了咖喱块和猪肉以外，一般就要放入这三种食材。咖喱也是小孩子和老爸等平时不做饭的家庭成员非得做不可之际，选择做的一种菜。他们甚少去超市，不知道哪里有什么东西卖，所以一个塑料袋子里放好三样必用菜，而且标明“咖喱用菜”，就会觉得非常方便，即使价钱贵一两成，买方都不会介意，甚至不会注意到。

我曾长期以为：马铃薯、洋葱、胡萝卜是家庭咖喱的群众演员，躲在姜黄、孜然等有个性的香料明星后面，本身究竟是什么味道，不很清楚。在发觉马铃薯、洋葱、胡萝卜其实都有自己独特的味道之前，过了一段不短的时间。

最早发现的是马铃薯的味道。我二十几岁住在加拿大的时候，应邀去朋友家吃饭，往往在烤牛肉、烤羊肉、烤火鸡等主菜旁边，有整颗烤熟的马铃薯；用餐刀在表面上划一条线，加酸奶油一起吃，蛮好吃的。对加拿大人来说，马铃薯是主食之一，市场上有卖不同种类、不同味道、不同价钱的好多品种。跟在日本只有两种马铃薯（“男爵薯”用在日本料理如“炖马铃薯肉”中，“五月女王薯”则用在西方料理如“奶油炖肉”中，而日式西餐如“咖喱白饭”中，哪一种都可以用上）的情况很不一样。其中一种叫 PEI（Prince Edward Island ＝爱德华王子岛省的简称）的，就是产于同名省份，外皮是红的，给我留下了特别深刻的印象。对日本女孩子来说，PEI 是来自加拿大的少女小说《红发安妮》的背景。于是，当我发觉 PEI 产的马铃薯皮跟安妮的头发一样是红色时，觉得太有趣，再也无法忘记。

我发现胡萝卜的味道，也是在差不多同一时期的加拿大。日本人至今很少生吃胡萝卜、青椒、花椰菜、四季豆等，可是，加拿大人办家庭派对时，最常出现的零食、冷盘，就是各种生蔬菜条，其中最常见的就是黄瓜条、西芹条、胡萝卜条。至于蘸酱，当年在多伦多特别流行美乃滋加洋葱汤粉搅拌在一起。那样子吃生蔬菜，确实比吃薯片、爆米花健康，味道呢，也托洋葱汤粉美乃滋的福，还行。

至于洋葱，则是回到日本以后才深刻认识到的。我不知是如今日本人吃肉吃油吃得太多的缘故，还是高龄化引起的问题，总之在日本媒体上，经常看到如何防治心肌梗死、脑梗死的讨论。两种梗死都是血管堵塞导致，血管堵塞又是血液变浓所致。因此，如何把血液保持于哗啦哗啦（さらさら）流动的状态，成了大问题。

有一天，老公为一份杂志采访著名登山家野口健回来后，告诉我道：人家常爬高山，对身体的负担很大。尤其在低气压的地方，血液容易变浓。你知道为了防止血管堵塞，他吃什么吗？是把生洋葱切成薄片，加柴鱼酱油吃的。

用柴鱼酱油调味，该是为了控制热量吧。我则在常做的色拉中，开始放入洋葱薄片了。洋葱是通年都有的农作物。可是，春天四月的洋葱，特别新鲜而富有水分，做成色拉吃，一点都不辣，反而甜蜜，同时有微微的刺激香，实在美味。日语中“玉”和“球”谐音，所以日本人把洋葱叫做“玉葱”（たまねぎ），把春天四月的洋葱则叫做“新玉”（しんたま）。

凡事喜欢尝鲜的日本人，其实也格外欣赏这时候刚刚上市的新鲜马铃薯。历史上，马铃薯是大航海时代的荷兰商船从印尼雅加达带到日本来的。因而日语中，马铃薯的通名是“一薯”（じゃがいも），新上市的则叫做“新一”（しんじゃが），一般是整颗蒸熟以后，边剥皮边搁点盐或奶油当零食吃。

“新玉”“新一”都上市了，“新人参”（しんにんじん）也不甘寂寞。日语中，胡萝卜是“人参”。药材人参则叫做“朝鲜人参”或“高丽人参”。最早上市的新鲜胡萝卜，既嫩又甜不怕生吃，做成色拉效果很好。法国菜中就有把切成丝的生胡萝卜用醋油盐调味的色拉。学学法国人，做“新人参”色拉，由“新玉”薄片陪伴，再配上刚刚蒸熟、热呼呼的“新一”加奶油，桌上全是春天的香味，太好了！

5

五月

立夏／小满

端午节的柏饼

初春的莺饼、三月的长命寺樱饼、道明寺樱饼、五月的柏饼中，没有两种“饼”是一样的。

如今日本的端午节是阳历五月五日，乃法律规定的节日之一“子供の日”（儿童节）。端午节在日本也叫做菖蒲节。端午节晚上洗澡的时候，把菖蒲叶放进浴缸里洗，据说一整年不会得病。传自古代中国的“洗百病”习俗，在当代日本只留下端午节的菖蒲汤和冬至的柚子汤，每半年一次而已。

对日本小孩子来说，端午节是挂鲤鱼旗的日子。黑色的真鲤鱼、红色的绯鲤鱼、蓝色的小鲤鱼，三种鲤鱼象征一个和睦的家庭。我小时候，二十世纪后半叶的东京，每年到了这一天，很多家庭的阳台上、院子里都有鲤鱼旗，随着初夏的风悠然游泳，祝福宝贝儿子们健康幸福。那种风景，最近看得比较少，恐怕是少子化的具体表现吧。另外，公寓里住的人多了，在高楼阳台上挂鲤鱼旗，万一被风刮走而伤害了下面走路的行人就不得了。公寓住民不敢打鲤鱼旗这也是一个原因。

前阵子去北京旅行，在什刹海附近看到的中国旅游团，似是从农村来的，人人都跟着导游走。而那个导游就打着日式鲤鱼旗率领一个团。中国人对鲤鱼旗有什么认识我不知道，平生第一次看到有人打着鲤鱼旗带团走路，我除了目瞪口呆还是目瞪口呆。

日本有一首儿歌就叫做《鯉のぼり》(《鲤鱼旗》):

比屋顶还高鲤鱼旗，大型真鲤是父亲，
小型绯鲤是小朋友，高高兴兴在游泳。

这是一九三一年发表的老歌。填词人近藤宫子（一九〇七—一九九九）是日本文学家藤村作的女儿，应父亲之邀写了几首儿歌歌词，包括《鲤鱼旗》和《郁金香》，至今在日本都脍炙人口，人人皆能唱。

还有一首儿歌叫《背くらべ》(《比高》)，也相当有名，乃一九一九年诗人海野厚撰写的：

柱子上的记号是前年五月五日比高时，
哥哥边吃粽子，边帮我们计量的身高，
昨天又计量看，只有长高了一点而已。
靠着柱子往远看，就会看到几座山，

一座一座在比高，跷脚从云里露脸，

即使脱下白雪帽，最高还是富士山。

小时候的我没吃过粽子，不知道《比高》里的哥哥吃的到底是什么东西。当时，好像母亲也不知道粽子是什么；我问过几次都没能得到清楚的答案。如今在东京，有卖两种叫粽子的东西：一种像汉人吃的咸粽，另一种则是把甜味麻糬用竹叶包起来蒸的。我对日本粽子始终有陌生的感觉。

说到端午节，我想起来的场面是：在和室的凹间里，摆设盔甲，吃柏饼。一九六〇年代、一九七〇年代的东京，凡是有男孩子的家庭都逢端午节就摆出“五月人形”来。跟三月三日的“雛人形”不同，“五月人形”往往不是偶人，而是古代武士的盔甲，旁边挂上钟馗肖像。日本的端午节既没有龙舟赛，又跟屈原无关，主要相关人物是中国神话中的神祇钟馗。这是因为在日语中，“菖蒲”和“尚武”谐音（皆为しょうぶ），随着时代改变，“菖蒲节”的意义演变成“尚武节”了。

柏饼是用柏叶包起来的粳米糕，馅儿有红豆沙、澄沙、味噌（白豆沙加白味噌和糖）三种。日文所说的“饼”其实种类不少。初春的莺饼，三月的长命寺樱饼、道明寺樱饼，五月的柏饼中，没有两种“饼”是一样的。除了长命寺樱饼是面饼以外，莺饼用细糯米粉、道明寺樱饼用粗糯米粉、柏饼则用粳米粉。

在和果子中，红豆沙和澄沙是常见的馅儿，都有很忠诚的追随者。可是，味噌馅只在柏饼里出现，蛮特别的。这似乎跟柏饼发源自江户时代的德川将军家有关系。

德川家康的故乡三河国（现爱知县）是闻名全日本的味噌生产地。那一带的食品，直到今天，很多都用味噌调味，例如味噌炸猪排、味噌乌龙面等。连以高级和牛著名的松阪市，我有一次去当地的烤肉店，惊讶地发觉，老板端出来的牛肉片全是给抹上味噌的。讲回德川家康的时代，对战国时代的武士们来说，能携带上阵的味噌是很重要的营养来源。

家康把天下打下来以后，在江户筑城定居；管辖各国的诸侯也非得在江户维持办事处和住房，在江户和管辖地之间分时间（参勤交替）了。从此源自德川家的习俗，逐渐通过武士阶级遍布到民间各地去了。柏饼是其中之一。柏叶是新芽出来以后老叶才谢下的，因而成了香火不断的象征，特别投合德川将军的口味。

看来是德川家的糕点师傅为了讨好长官，开发出了内含味噌馅、用柏叶来包的柏饼，果然流行到今时今日！

属于两个季节
——“初鲣”

配上蒜泥吃的日式生鱼片，据我所知，好像只有鲣鱼一种；吃起来特别刺激，很过瘾，有点像吃意大利式的生牛肉片。

“鲣啊，鲣啊，初鲣啊。不是肥肥的回鲣，而是瘦瘦的初鲣啊。瘦瘦的好吃，而且是初上市的，各位该尝尝啦！”

逛鱼店听到鱼店工作人员的吆喝声，觉得真有意思。如今的日本商店，会喊出叫卖声的行业，似乎只剩鱼店了吧。有意思的是，叫喊的并不是老先生，而是年轻人。他们入行没多久就能吆喝得很专业，实在不容易。

在日本鱼店看到的海鲜，很多都有固定的时令。例如：鳕鱼属冬天，萤乌贼属春天，秋刀鱼当然属秋天等。可是，只有鲣鱼属于两个季节：初夏和秋天。

初夏的鲣鱼叫做“初鲣”，乃一年里第一次从南洋游到日本海域来的鲣鱼，一般在日本南部的四国高知县捕获。夏天，鲣鱼们继续游往北洋避暑去。然后等秋风刮起来，它们又从北洋游回日本海域来，这回要在东北地区宫城县被捕获了。根据当地渔民的说法，鲣鱼是带领秋刀鱼群游来的。显然，鲣鱼方向感特别强。这时候的鲣鱼被称为“回鲣”，因为在北洋积累了皮下脂肪，吃起来肉质肥嘟嘟的。

江户时代的著名俳句说：目青叶，山杜鹃飞，吃初鲣。

所表达的意境是：五月天气好的日子里，看到绿油油的树叶，听到杜鹃的啼声，吃到初上市的鲣鱼，可以说是江户庶民的理想生活。日本人尤其是老江户，历来爱吃“初物”即初上市的食物，甚至有“初物七十五日”的说法，意思是说：吃初上市的食物，寿命会延长七十五天。

江户时代的人也说：即使把妻子当掉都得吃“初鲣”。如今该没有日本男人敢那么说了吧。不过，看到“初”字，日本人的文化DNA仍旧不由得反应起来，感觉不甘落后，非买回家吃不可。果然，鱼店售货员喊叫：初鲣啊，初鲣啊，初物啊！

初夏的“初鲣”和秋天的“回鲣”，一个瘦一个肥，确实味道不一样，可是两者均好吃，正如鲔鱼的“赤身”和“toro”（肥肉）各有千秋似的。鲣鱼能生吃，也能蒸吃，干燥透了就成为“鲣节”即柴鱼了。

味道浓厚的鲣鱼，做成刺身的时候，若跟鲔鱼一样单纯切成薄片后配上山葵芥末的话，会觉得稍有腥味。于是吃鲣鱼刺身，一般除配山葵以外，还会配姜泥、蒜泥。至于姜泥，也会配沙丁鱼、竹荚鱼等青鱼类的刺身。但是，配上蒜泥吃的日式生鱼片，据我所知，好像只有鲣鱼一种；

吃起来特别刺激，很过瘾，有点像吃意大利式的生牛肉片。

鲣鱼刺身也有另一种做法：是把整块鱼肉的外表用火烤一下，然后马上放入冰水中，擦去水分，切成厚片，上面搁上姜葱末和紫苏丝，再倒点椪醋酱油，这种料理叫做“鲣鱼叩”，名字像“竹荚鱼塔塔尔”，但实际上是两回事。半生不熟的红色肉片加上酸甜咸辣的调味料，感觉与其说是吃鱼肉，反而像吃烤牛肉片了。

心中的骄傲
——糠渍

如今的日本社会，不分男女老幼都觉得有减肥之必要。于是，注意饮食非常重要了。大家知道的注意事项之一是：先吃蔬菜。

东京人说渍物，一般就指冬天的盐腌大白菜和夏天的糠渍，以前都是各家主妇亲手在大桶子里做好，随时拿出来当零食、副食品吃的。

我小时候，简直日复一日，天天都吃渍物。当年，日本家庭的饭桌上出现的是清一色的日本菜，一年里吃西餐的次数屈指可数。所以，天天拿出渍物来，几乎没有配不配的问题。

后来，日本人的饮食生活国际化了。吃咖喱饭、汉堡包、意大利面、披萨时，拿出渍物来一起吃难免觉得有点别扭。难怪，如今亲手做渍物的日本人越来越少。想吃了就可以去超市、便利商店买回来，何必自己麻烦呢？只有害牛脾气的人，才会持续自己做渍物。而我呢，恰是其中之一。

五月了，菜市场摆着新鲜廉价的黄瓜，可以开始做糠渍了。

跟母亲、姥姥一辈的日本主妇都曾有大到张开双手才能抱住的渍物桶不同，我的设备小到家家酒一级。冬天盐腌大白菜，我用的是保鲜袋；里面放白菜片和一把盐，有时也放柚子片或昆布丝、红辣椒，等白菜变软了就可以拿出来吃。变酸了则连白菜带水分，全用来做汤或做火锅。放在冰箱里的生白菜会变老、出黑斑，盐腌白菜则不会，反之却升级为酸白菜，多了不起。做渍物等于一举两得，教我老觉得从前的人真聪明。

至于我做糠渍用的糠床，乃跟大型便当盒差不多的塑料盒子，长年都放在冰箱里。听说做糠渍最好用珐琅容器，看起来顺眼，价钱也不贵。只是当初我一边带孩子一边写稿，没有时间出去买珐琅容器，顺手用了厨房里找到的塑料盒子，未料一用就是十多年。屈指数起来，自己都不禁惊讶：我这个塑料盒子里的糠床，是老大三岁上幼儿园时开始用的，现在老大二十一岁，糠床有了十八年历史了。

最初，我只是把米糠和盐混合在一起装进塑料盒子而已。过几天，自然开始了乳酸菌发酵的过程。至于糠渍的材料，几乎没有什么限制，只要是能生吃的蔬菜，统统都可以用。抹上盐以后，埋在糠床里就是了。冰箱里的环境温度低，做糠渍需要长一点的时间；不过，等两天就可以吃了，过一周大概会觉得酸。

黄瓜、芜菁、萝卜、茄子、高丽菜，是我最常用来做糠渍的材料。也有人用茗荷、山药、胡萝卜等。有人在糠床里放入昆布、辣椒、花椒等，以便改进味道，同时不让糠床腐败。根据我自己的经验，只用米糠和盐就足够好。过两天拿出来的蔬菜，清洗后，切开放在小盘子上，很美而且很好吃。蔬菜本来就有的甜味上，还增加了乳酸菌的香味，既清爽又有一点复杂，比单纯的生菜色拉高一等。人类发明发酵食品真不简单。

每周几天吃糠渍蔬菜，糠床里的米糠会越来越少。于是偶尔加新鲜的米糠和一把盐。开始的几天，乳酸菌发酵得不那么活泼，过些时候自然就好了。我一般做糠渍做到秋天大白菜上市为止，然后就开始做盐腌大白菜。至于糠床，便叫它在冰箱里休息。在常温环境里放置糠床容易坏掉，在冰箱里就不会。我有时候好几个月都不曾打开塑料盒子一次，但是冰箱里的糠床从来没有腐败过。

新鲜的米糠很香，腌好的糠渍也很香。然而，从前的人都说糠床很臭。是乳酸菌发酵的味道被嫌臭吗？还是坏掉的糠床才发臭呢？我从糠床里取出蔬菜来，是用汤匙的，手不沾糠床就不会臭。从前的日本人把结婚后容貌衰退的主妇形容为“有了糠渍味儿”，跟中文的“糟糠之妻”意义不完全相同，可显然有点共通的地方。

如今的日本社会，不分男女老幼都觉得有减肥之必要。于是，注意饮食非常重要了。大家知道的注意事项之一是：先吃蔬菜。这个时候，家中冰箱里有糠床就很方便。只要挖出一两种蔬菜来清洗一下，就能端出一盘蔬菜料理。何况那糠床还能追溯到十八年前老大上幼儿园的日子。做主妇的心中觉得骄傲，不要理人家说什么“糠渍味儿”了。

吃寿司的乐趣
——手捏寿司

东京好玩的地方不少，其中就有大型鲜鱼店。工作人员大声吆喝，帮客人处理各种鱼类，手法又巧又快，技术之好不亚于专业厨师。

今年的“初鲣”又大又好吃，卖得又不贵，不多买点来吃简直对不起上帝似的。我昨天买到的是六百多克的鱼块，才卖五百九十日圆。四个人分着吃，即使加了米饭和汤水、副食的费用，一个人两三百块钱，跟在超商买两个饭团差不多。

鲣鱼要生吃，除了做成一般的刺身以外，弄成“手捏寿司”也不赖。这是伊势神宫所在地三重县志摩半岛的地方风味。

志摩半岛海鲜质量特高，于是自古以来被称为“御食国”，专给皇室厨房提供食材。名气尤其大的是当地产的鲍鱼和鲣鱼。鲍鱼是高级食材，乃海女跳进水里找来的，从来都不便宜；鲣鱼倒是庶民之味，用来做的“漬丼”就是“手捏寿司”了。

我曾有几年时间，频繁去志摩半岛游览，对于在当地吃的海鲜至今念念不忘。小津安二郎导演拍的影片《浮草》以当地的波切渔港为背景。电影完成几十年后，我有机会前往，下榻于海边大王崎灯塔下的八千代民宿。老板是渔夫，早上出海钓上的鱼，晚上亲手料理给房客吃。说实话，去“御食国”要尽情享受海鲜，在当地旅馆住下来是几乎唯一的办法；因为渔业权属于当地居民，外人不能随便钓鱼吃。再说，渔村也没有鲜鱼店，当地人是彼此通融吃当天的收获。为游客服务的餐厅不多，一般提供烧烤扇贝和“手捏寿司”。

“手捏寿司”的材料是新鲜鲣鱼，切成片之后，在酱油中泡个片刻，捞上来盖在米饭上吃的。所谓“手捏”指的是，把鲣鱼片在酱油中用手仔细拌匀的意思。一般的“渍丼”是鲔鱼片泡于酱油后，放在白米饭或者醋饭上吃。鲣鱼的味道明显比鲔鱼浓厚，所以佐料可以多一点，酱油中也可以加点味淋。我也看过有食谱说：酱油中加芝麻油，都是为了对抗鲣鱼类似于牛肉的有劲味道。这次，我就在酱油中放了点姜泥和茗荷丝。用紫苏丝应该也不错。

做“手捏寿司”的时候，切鲣鱼，不用切成刺身那么整整齐齐的样子，反而切成五花八门的形状，调味料才会抹满，口感上亦会有意外的惊喜。毕竟吃寿司的乐趣在于把生鱼片和醋饭一起放在嘴里咀嚼。生鱼片始终是跟醋饭搭配的时候最好吃。喜欢山葵芥末的人，当然可以吃的时候边涂边吃。

我家老二从小就注意到：生的鲣鱼片断面上会出现彩

虹般的颜色，是有点像肥皂泡反射阳光的时候那样。原来，那是把肉类垂直切断时产生的胆绿素所致，跟鲣鱼的鲜度并没有什么关系。

虽然日本很多地方都能捕到鲣鱼，但是不知为何，以“手捏寿司”闻名的似乎只有志摩半岛。那里的海水干净透明，呈现绿宝石的透明感。在小小的海湾中戏水，发现岩石和岩石之间密集生息着海螺、藤壶等。无人的时候，它们出声彼此说话，吵吵闹闹的程度叫人惊讶，好比走进了迪士尼乐园的魔幻音乐屋似的。可惜暂时去不成迷人的志摩半岛，还好东京鱼店里买得到新鲜鲣鱼。趁机多吃点刺身和“手捏寿司”，神秘的是有补脑的感觉。

东京好玩的地方不少，其中就有大型鲜鱼店。工作人员大声吆喝，帮客人处理各种鱼类，手法又巧又快，技术之好不亚于专业厨师。所以我在下班回家的路上，绕道去逛鱼店，算是乐趣和实用一举两得的活动项目。何况最近几个星期都买到了新鲜鲣鱼，可以说等于享受了东京生活最难得的优势。

吃个痛快
——“冷中华”

据说，“冷中华”的发祥地是东京神田神保町的扬子江菜馆。位于旧书店街中间的铃兰通，内山书店的对面，如今外墙上有京剧面具的装饰。

今年第一次的“冷中华”已由老公端上桌了。他做得蛮不错，跟我做的差不多了。总之，比外面中华料理店做得好，可以说是我们家的招牌菜。

“冷中华已上市”，以前日本有很多中华料理店，每到五月中就贴出这么写的海报来。中华料理店平时卖的面条，拉面、叉烧面、馄饨面等都是热的，连炒面、炒饭、锅贴等也都是热的。可是，日本人本来就有吃冷面的习惯。荞麦面店的菜单上一年四季都有“笊荞麦”“盛荞麦”等蘸着冷汁吃的冷面条。尤其到了闷热的梅雨季，非吃冷的东西爽快一下不可。于是原先专门卖热菜的中华料理店也逼上梁山发明了“冷中华”这么一种日式中餐。

据说，“冷中华”的发祥地是东京神田神保町的扬子江菜馆。位于旧书店街中间的铃兰通，内山书店的对面，如今外墙上有京剧面具的装饰。那里从一九三〇年起供应到今天的“冷中华”呈富士山形状，山坡上垂直方向整齐地摆着蛋皮丝、竹笋丝、叉烧丝、黄瓜丝、琼脂丝，并且以糖醋酱油调味。吃着吃着从里面还能挖出来肉丸子、鹌鹑蛋、虾仁等。

老字号餐馆的招牌菜“五目凉拌面”卖价一千五百多日圆，比一般拉面馆贵一倍。当然很好吃。可是，受它影响，日本厨师们推出的“冷中华”呢？一般由日式火腿代替叉烧，但是市面上流通的日式火腿多含有大量的面粉和水分，吃起来像纸张而吃不出肉味来。另外，只有黄瓜丝和蛋皮丝跟扬子江菜馆一样。至于染成红色的醋姜（日本人称之为“红生姜”）呢，主要是样子鲜艳，并不是味道鲜美。

日本顾客看到“冷中华已上市”的海报，忍不住叫一份来吃，因为“冷中华”代表的是此间文化挺重视的季节感，颇有“不吃冷中华非好汉”的感觉。可是，季节感和味道并不总是携手而来。于是日本好汉们在餐厅饭桌上找找白醋啦、芥末啦、辣椒油啦，大量地放入搅拌后，才能吃个痛快。

我从海外回日本结婚的时候，皮箱里放着中国台湾傅培梅、中国香港方太等人写的食谱。翻着翻着就发现：中餐中的拌面类一般都把猪肉、鸡肉等整块地煮熟待凉后，切丝铺放在面条上面。于是试着煮猪五花肉、鸡腿肉等，放在“冷中华”上面吃，效果比纸张般的日式火腿不知好了多少倍。再说，用来调味的酱汁也用了煮肉块时留下的汤水，就比什么“中华味之素”等都好很多。

多数日本人以为，想吃“冷中华”，要么下馆子，要么买来带调味料的袋装快餐“冷中华”。我家则用一块鸡腿肉和白芝麻、酱油、砂糖、白醋等，再加了点蛋皮丝和黄瓜丝，与其说是“冷中华”，倒不如说是“什锦凉拌面”了。是的，日本人说的“五目”就是中文的“八宝”，即什锦、全家福的意思。至于面条，我们家就用日本人夏天煮来吃冷面的“冷麦”，乃比素面粗、比乌龙面细的小麦切面，习俗上只有夏天才出售。

如今日本街头，年轻老板扎头巾、穿黑色T恤的拉面专卖店越来越多，老派的中华料理店则逐渐减少了。可惜，拉面专卖店的菜谱十年如一日，没有季节性的变动，到了夏天也不做“冷中华”来卖。老派的中华料理店呢，主要是因为过去二十年经历了所谓的世代交替，老板挥勺颠锅，做出炒饭、炒面、韭菜炒猪肝、“酢豚”（咕咾肉）等饭菜，太太端盘收钱那种家庭经营的馆子几乎绝灭了。

所以，出去找美味“冷中华”吃，已经是不容易的一件事了。还好，我学会做“什锦凉拌面”以后，老公也学会了。下一步，只要成功地传授给孩子们，老了以后，进入梅雨季，忍不住喊声“闷热”时，还能吃到“什锦凉拌面”，不亦乐乎！

小时候的夏天之味
——小玉和樱坊

小时候吃西瓜，要么在早饭和午饭之间，要么在午饭和晚饭之间，因为是当零食吃的。

记得小时候夏天吃的西瓜很大很大，用双手勉强能抱起来，而且挺重；倘若不小心掉下来，整个西瓜都丧命。切好后，撒了盐巴，成功吃完红色果肉，所剩下的白色内皮也够厚，当年有些人还把它做成糠渍，算是“西瓜两吃”了。

如今我常吃的西瓜是日本所谓的“小玉”。其实，用汉字该写成“小球”才对。只是，日本人习惯用“玉”字来代替“球”字，不外是两者谐音念成“たま”。

“小玉”嘛，大小跟“小球”一般，就是像排球、篮球、保龄球那样的大小，能够直接放入冰箱里的蔬果室冷藏，对生活空间并不宽裕的公寓居民来说，方便得很。至于皮呢，则薄到几乎消失了内皮，只剩下跟一张纸一样薄的绿色外皮而已。

今天日本商店卖的水果很多都有“糖度保证”的贴纸，买回家，吃起来一定甜蜜如点心，不必后悔自己当初没买贵的，而是小气买了便宜的。日本有句俗话说：“安物買いの銭失い”（买便宜货等于丢钱），就是这个意思。

五月下旬，我吃到了今年第一次的西瓜。够甜，而且最近日本特别热，吃了很有清热的感觉。直到八月底以前，饭桌上，早晨出现西瓜，晚上出现毛豆，乃跟小时候一样的夏天之味。

小时候吃西瓜，要么在早饭和午饭之间，要么在午饭和晚饭之间，因为是当零食吃的。大热的天，小孩子从外面流着大汗回到家，留守的姥姥或者母亲，便端出冷麦茶和切好的西瓜片来。日本人吃西瓜，从来没有砍成两半，拿着汤匙一人吃一半的风俗；反而把大西瓜切成跟吐司差不多的片状，边搁盐巴边吃下，显然要补充流大汗失去的盐分矿物质等。

我家老大小学一年级的暑假里，每天上学校的游泳班，结束以后直接去校门对面的同学家，尽情吃同学母亲给孩子们切的西瓜。我对那位母亲心中满是感恩，可是没有机会见面直接表达谢意。未料不久后，他们家搬到不同的学区去了。九年以后，孩子都十五岁，要上高中了。在入学典礼上，我发现了一位面熟的新生家长。果然是那个同学的母亲。我走上前开口要说的第一句话便是：谢谢您那年每天给我儿子吃西瓜。

打开冰箱蔬果室，发现小玉西瓜旁边有美如红宝石的美国樱桃。我至今记得高中第一次吃它时感到的震撼：多大、多甜、多红！

太宰治有一部很有名的短篇小说叫《樱桃》，乃在酒吧里，妈妈桑端出来给顾客们下酒的。那是日本樱桃，不仅很小，颜色在黄红之间，而且吃起来味道很淡，主要是酸，几乎尝不到甜味的那种。尽管如此，樱桃在日本历来是高级的水果。小说家知道：在家饿着肚子等候的孩子们，恐怕没吃过樱桃，如果给他们带回家的话，一定会很高兴的。然而，他就是不肯拍屁股站起来走人，反而边自己吃下樱桃，边为自己解围说：宁愿相信，大人比孩子重要。

日本人把樱桃昵称为"樱坊"，好比它是个小男孩似的。小时候，我似乎没吃过"樱坊"，毕竟既贵又没什么吃头，母亲没有理由买来叫孩子们吃。当年我唯一吃过的是在冷饮店提供的瓶装饮料中，放着当装饰品的樱桃。应该是在糖水里煮过的吧，既软又甜而且呈胭脂红。

我念高中的时候，日本政府受到山姆叔叔的压力，向美国开放了部分水果市场。市面上，忽然间既大又红的美国樱桃泛滥。忘了是母亲买回来，还是我自己掏腰包买的，总之吃了第一口就惊呆了。圆圆的果实，皮儿的张力特别强，咬破后，满嘴都是丰富的果汁，与其说是胭脂色，倒不如说是鲜血色。果然是食肉的美国人培植出来的水果。

后来，在美国樱桃的压力下，日本樱桃也一步一步改良过来。如今，日本樱桃的外表黄色基本上消失了，味道也不酸了。虽然还说不上胭脂红或者特别甜，但是好歹活了过来，不至于绝灭。我觉得在那圆圆甜甜，吃了你我都变成吸血鬼的美国樱桃威胁下，这已经称得上是成就了。

6

六月

芒种／夏至

老东京的认可
——冷狸荞麦

其实，从创新这一角度来看，“冷狐狸”是过去几十年里被开发出来普及的新品种，而且赢得了我这个老东京舌头的认可。

小时候，在东京住家附近的“薮荞麦”面店菜单上，母亲允许孩子们吃的面点种类相当有限。除了“狐荞麦”“狐乌龙”以外，就是“狸荞麦”和“狸乌龙”而已。

“狐”指的是“阿扬”即红烧炸豆皮；“狸”指的则是“扬玉”即炸面渣儿，乃做天妇罗时的副产品。我比较喜欢后者，因为炸面渣儿有时含着虾尾渣儿；嗨，渣儿里找渣儿，真是B级得可以了。

当年吃的荞麦、乌龙，都是热汤面。在我童年记忆里，日本荞麦面店卖的冷面，曾都采用捞面蘸着酱汁吃的方式。至于冷盖面呢，我是三十五岁从国外回来以后才发现的。如今在东京荞麦面店的菜单上，一到夏天，至少会有“冷狐荞麦”和“冷狸荞麦”两种了。

这种冷面的灵感来源，我相信一看样貌很多人就会猜到。没错，就是日本中华料理店夏天推出的冷中华，却把碱水面换成了荞麦面。

我任职的大学附近，有家荞麦面店叫海老民。到了六月初，每年都开始供应“冷狐荞麦”和“冷狸荞麦”。我深知这类面点很B级，不如吃正统的“天蒸笼”即什锦天妇罗配上冷荞麦有体面。由本来够B级的冷中华衍生出来的“冷狐狸”，叫了会被共食的同事们哈哈嘲笑的。尽管如此，年复一年，我都不能抗拒它B级的吸引力，非得享用一两次不可。

海老民的“冷狸荞麦”上，除了“扬玉”以外，还摆着点萝卜泥、仿螃蟹、裙带菜、玉子烧、黄瓜丝，最后由放在顶上的一粒梅干画龙点睛。在旁边小碟上，还放着少许葱薄片和山葵芥末。按照日本习俗，不要像吃炸酱面那样彻底拌匀好以后才从容吃。一般是用筷子一边涂一点山葵一边吃一口的，规矩啰嗦得很有化外之感。

这家店的荞麦面，由老板当场擀出来，天妇罗也是点菜以后现炸的，果然味道蛮好。店里的摆设、灯光等也设计得很优雅。工作人员待客的态度一点也不差。只是，在菜式的创意方面颇有进步的余地。不过，这又不是海老民一家的问题，而是日本餐饮业的通病。太多饭馆、面馆都十年如一日地供应完全相同的几样常规菜式。

其实，从创新这一角度来看，“冷狐狸”是过去几十年里被开发出来普及的新品种，而且赢得了我这个老东京舌头的认可。不过，若有人问我会不会在家试试做“冷狸荞麦”吃，我的答案是否定的，正如我不会在家自己握鲔鱼美乃滋饭团塞在孩子的便当盒里。

我是寿司师傅的女儿
——GARI

享用寿司的时候，吃完一个以后，再吃下一个以前，嘴里含一下“GARI”，口腔中原留下的微微腥味就给清除干净了。

日本寿司店历来有一些行内俚语。比如说，酱油叫“紫”，茶水叫“上”，醋饭叫“しゃり”，至于“がり”（GARI）呢，就是醋泡嫩姜片的意思了。

“GARI”的做法很简单，把嫩姜切成薄片以后，先用盐腌一下，然后泡在加了盐和糖的白醋里即可。关键是一定要用嫩姜。所以，菜市场上看到了嫩姜，就应该抓紧机会购买，否则不知道下次相见在何时。

虽然寿司是日本的头号名菜，说到底是把生鱼片放在醋饭团上握一握罢了。虽说寿司也是享受新鲜鱼类味道最理想的吃法，个中食材却只有生鱼和醋饭而已。所以，配角如海苔、山葵芥末，以及“GARI”，其实扮演着很重要的角色。

享用寿司的时候，吃完一个以后，再吃下一个以前，嘴里含一下“GARI”，口腔中原留下的微微腥味就给清除干净了。然后，在舞台上转换场面一样，能够以新鲜的心情面对下一种寿司。

不过，“GARI”也有另一种比较实际的功能。

把鲑鱼子等零散材料用海苔条围住而做成的“军舰卷”寿司，阁下如何蘸酱油吃？如果整个地斜倒下来让鲑鱼子接触到小碟里之酱油的话，就难免发生鱼子滑落事故了。这个时候，悠然拿一片“GARI”来，当它是个小刷子，蘸了点酱油后，轻轻在鱼子表面上擦一擦。结果不是很好吗？

我是从已故的爸爸那里学到这一招的。他出生在爷爷开的寿司店，年轻时当过几年寿司师傅。所以，对寿司的做法、吃法都特别熟悉。可是，一般人，包括很多日本人在内，不知道寿司的正规吃法；结果，每次吃寿司都要遭受到鱼子滑落、饭团塌方等令人心痛的餐桌事故。饭团塌方的原因，不外是让饭团而不是生鱼片接触到酱油所致。

寿司在日本是非常普及的食品。除了回转和不回转的寿司餐馆以外，还有很多外带专卖店，不少超市都卖寿司便当之类。因为现成的寿司到处都买得到，很少有日本人要在家里自己做着吃。我是极少数的例外之一，到底是寿司师傅的女儿嘛。

从鲜鱼店买来十多种鱼类，自己煮米饭混合糖盐醋，站在餐桌边握出一个又一个寿司给家人朋友吃，是我人生中最大的乐趣之一；既能吃到美味，又能受到赞扬。再说，经常有人注意到“GARI”也是我亲手做的。凡是买来材料自己加工的话，成本很低，能吃很多，也不用担心食品安全问题。至于味道，也不会太差的；毕竟货真而且新鲜，跟可疑的添加物沾不上边。

在东京，新鲜嫩姜已上市。该动手做家人加朋友们够吃一年的“GARI”了。

蒸笼的胜利

不仅如此，蒸熟了第一波食品以后，再用同一锅热水来蒸第二波食品也无妨。实在很合理！

学习中文带来的意外惊喜是我会看中文食谱了。自从单身住在加拿大的时候起，我就看黄淑惠、傅培梅等人写的食谱做菜。知道个别菜的做法是一回事，学会用日本少有的料理器具是另一回事。比如说，平时做菜我会用蒸笼。

日本家庭里，从前有一种原始的蒸饭锅，乃黄色铝制，底部分两层，有盖和双把手。可是，微波炉普及以后被淘汰了。再说，日本卖的电饭锅也不附蒸盘；该是有洁癖的日本人不喜欢在同一锅里又煮饭又蒸菜来影响白米的味道所致。结果，在如今的日本家庭里，要蒸菜只能用微波炉的情形并不少见。

另一方面，蒸笼在普通日本人眼里是港式饮茶店装点心用的器具，不会想到家里做菜能用上。我购买竹制蒸笼，最初也是为了蒸肉包子、烧卖。可是，很快就发现了：正如香港茶楼那样，把笼子叠好几层，热气照样上来蒸熟里面的食品。多科学！目前，日本公寓的厨房里一般有三口瓦斯炉。一个炉子用来做汤，一个炉子用来做主菜，最后一个炉子上，能同时料理两种蔬菜真是再方便不过了。

于是我开始蒸点心以外的种种东西。比方说，夏天晚餐桌上常出现的毛豆，一般日本人都是清煮来吃。可是，煮好了倒掉热水，不仅浪费水也浪费煮水用的能量。若改用蒸笼呢，可以同时在几层笼子里蒸几样食品了。不仅如此，蒸熟了第一波食品以后，再用同一锅热水来蒸第二波食品也无妨。实在很合理！

这天，我在毛豆上面蒸了茄子。因为担心茄子的颜色会脱落下来染上毛豆，所以在上层底下铺了一张蒸笼纸。至于为何没把毛豆放在上面，就是担心给毛豆抹上的盐巴跟热气一起滴下来影响茄子的味道。十多分钟以后，毛豆和茄子都蒸好了。毛豆就直接盛在盘子上。茄子则切成条状，用盐、芝麻油、胡椒粉和蒜头粉调味，成了韩式拌茄子。

日本夏季丰产的茄子，跟其他蔬菜有所不同，炒起来会吸收大量的油。日本传统的“烧茄子”，要在铁架上把带皮的茄子烤到外表焦黑，然后扔进冷水里，把焦黑的外皮去掉，等里面的翡翠色茄子肉出现，再切小盛在盘子上，搁点柴鱼和酱油方能入口。虽然味道不差，但实在费事。

相比之下，用蒸笼料理起来，既能节约能源又能节省油分，也就是说，既方便又健康，实在没得说了。

冰棒疗法

通过自由地吃冰棒，让孩子们放松下来，以便恢复元气；
而不是教他们如何有体面礼貌地吃冰棒。

日本的精神科医生田中茂树写过一本家庭教育书，叫《如何信任你的孩子》。田中医生告诉读者：带孩子最重要的是信任孩子，一旦信任了孩子，就不需要严厉的家教了；反而要宠爱孩子，才能让他们健康幸福地成长。

该书最后一章，田中医生介绍了在家庭里容易施行的认知行动疗法：冰棒疗法。

首先，去超市买多种冰棒。买不同种类的冰棒，多达三十种，以便装满家中的冷冻库。然后告诉孩子们：随时都可以吃自己选择的冰棒。为了提高成功概率，不要买大人一般喜欢的健康、大量、盒装的品种。孩子们喜欢吃颜色浓厚、少量、不寻常容器装的种类。

当他们开冷冻库选择要吃哪一种时，做父母的应该守住口，千万不可说："快选吧，否则冰棒会融化掉。"也不可以提出条件，如："做完作业就可以吃了。"如果刚吃完一个，再打开冷冻库要物色下一个吃什么时，家长都该忍下来，不可说风凉话。

等孩子们吃完冰棒，收拾垃圾则要由父母包办。因为冰棒疗法的要点在于：通过自由地吃冰棒，让孩子们放松下来，以便恢复元气；而不是教他们如何有体面礼貌地吃冰棒。这一点，做父母的需要牢牢记住。若是平时老说"做完了一件事就要收拾好""该保持环境卫生清洁"的家长，这回默默地替孩子们处理垃圾，能发挥的作用特别大。

听了田中医生的演讲，有些读者提问："吃很多冰棒不会发胖吗？""是否事后不能吃晚饭了？"根据自己带四个儿子成长的经验，田中医生说：孩子们是不会有问题的，要注意发胖的倒是陪吃的父母。

田中医生认为，今天的日本父母普遍有过分娇生惯养的毛病，导致孩子们情绪不稳定等问题。尤其担心孩子们吃食的家长很多，乃是他们不能相信孩子控制食欲的能力所致。因为食欲属于本能，太多干涉会影响孩子们健康成长。例如青春期女孩中频频见到的厌食症，一般在背后都有个对女儿的吃食过度关注的母亲。

跟多数日本男性医生不同，田中医生跟夫人双双有职业，共同把四个儿子带大，而且其中老大和老幺都有过动倾向。再说，他也每周两次担任少年足球队的教练。他之所以能够提出冰棒疗法这种生活化的建议，果然有作为父亲奋斗过来的经验。

最后，在众多家庭教育书当中，我特别喜欢这一本，因为扉页上写着这么一句话：Mothers have to be there to be left。（为了长大成人，孩子们非得离开母亲不可；而为了让孩子离开，母亲非在他们身边不可。）

珍珠奶茶在日本

爱排人龙的小女生们却完全清楚：这几年，先有春水堂，跟着有 CoCo 都可在日本登陆。

源自中国台湾的珍珠奶茶席卷日本，势头之猛连在我居住的东京西郊国立火车站附近都连续开了三四家，而且每一家门前都有以女中学生为主的长长人龙。

小女生们给新奇的外来甜品迷住的历史，在日本能追溯到一九九〇年代初的椰果潮。然后来了提拉米苏热、葡式蛋塔热、樱桃派热、意式奶冻热、卡纳雷热、比利时松饼热、肉桂卷热。前些时，还掀起过夏威夷式鲜奶油薄饼潮、法国吐司潮等。

其实，日本目前的珍珠奶茶热，屈指算起来是史上第三次了。第一次在千禧年的时候，第二次则在二〇〇八年左右。所以，年纪大一点的姐姐们搞不明白：珍珠奶茶到底有什么新奇的？

爱排人龙的小女生们却完全清楚：这几年，先有春水堂，跟着有 CoCo 都可在日本登陆。几乎同时，台式雪花冰的 Ice Monster 也在日本最时髦的原宿表参道开张，大赞的口碑迅速传播到全国各地去了。

在她们看来，中国台湾是跟韩国一样酷的流行文化先进地区。再说，作为日本人去海外旅行的人气目的地，过去五年台湾都是冠军。正如同样是旅游胜地的夏威夷，以当地著名的薄饼店 Eggs'n Things 为先锋，成功地打入了日本甜品市场；源自台湾的冷饮冰果店陆续来日本开分店，不仅吸引了爱追流行的一群人，也吸引了去过台湾享受过道地风味的一群人。换句话说，台湾美食和旅行经验，互相抬高了彼此在日本人心目中的地位。

跟上两次流行的时候不一样的是：今天的小女生们人人都有智能型手机。排长队买到了珍珠奶茶，她们一定要拍照片，上传到 Instagram 上去。从这角度来看，长长的人龙先要博得朋友们的注意，跟着登场的细长塑胶杯也与众不同，最后是集中在奶茶底下的黑色珍珠，美如宝石：既好看又特别。可见，在社交网络时代，视觉魅力最重要。

这么一来，本来出售别种食品的快餐餐厅和外卖店都要进入珍珠奶茶业界来了。听说，生意还不错的外带寿司连锁店“小僧寿司”就要把一部分店铺改为珍珠奶茶店。在日本一杯奶茶的价钱约六百日圆，跟一盒寿司的卖价没多少差别；但是，一杯珍珠奶茶的成本应该比一盒寿司低很多吧。果然更有赚钱发财的余地。

异国情调
——孜然

若不爱吃羊肉的话，就把夏天的蔬菜用橄榄油和孜然、芫荽、辣椒粉炒一下都无妨啊。

前些时候，在北京跟老朋友交谈。她说，现在常吃的很多东西，三十年前连名字都没听说过，例如：茼蒿，还有什么孜然……

说得没错。现在食品种类很多。在我留学时代的北京，冬天要吃涮羊肉，配菜只有大白菜、豆腐、粉丝。确实没看到过茼蒿，更不用说什么孜然……

且慢！当年虽然没听说过什么孜然，可是戴小帽的新疆人卖的羊肉串，历来是北京人最爱的小吃。那迷人的香气和味道，不是除了辣椒粉以外，也抹上了孜然粉所致吗？只是，当年的汉族人没兴趣追究少数民族用的是什么香料，只要物美价廉就好了。

新疆我只去过一次。那还是中国经济还没起飞，当地还保持着传统生活方式的年代。最常见到的交通工具是驴车，当地人看到我手里有照相机，就请求替宝贝拍一张留念。离开北京之前，汉族朋友们告诉我：那边东西不卫生，吃食一定要注意！然而，踏上了塔克拉玛干沙漠，我却发觉：原来，伊斯兰教徒特讲卫生，生活环境比汉人地区干净很多。再说，新疆风味是无法抗拒的，除丰富的水果以外，还有现烤的面包、用手拉的面条，更不用说永远迷人的羊肉串。

其中，我后来最念念不忘的是嚼劲能和意大利面比肩的炒面。多年后，北京开了很多家新疆菜馆。我去东四六条叫弯弯月亮的一家，发现菜单上有一种主食叫拉条子；试试要了一盘，果然跟我在塔克拉玛干沙漠的绿洲上尝过的炒面一模一样。那芬芳的香气，究竟是什么东西来着？我终于明白，日本人借用英语称为cumin的香料，汉语则叫孜然，在新疆烹调中占有灵魂一般的地位。

今天，不仅在北京人的厨房里，连在日本人的厨房里都常有瓶装的孜然了。但是，很多日本人买了一瓶后，不大知道怎么用而用不完。我呢，因为脑子里永远有年轻时候在新疆绿洲上意外吃到的美味拉条子，每年夏天到来，蔬菜摊上摆出了肥肥的茄子呀、青椒呀、番茄呀，就去采购羊肉来，非炒出新疆风味的拉条子来不可。当然，起锅之前，一定得投入足够分量的孜然、芫荽、辣椒粉了。

日本人一般不大吃羊肉，所以，给朋友们推荐菜式的时候，我都说：若不爱吃羊肉的话，就把夏天的蔬菜用橄榄油和孜然、芫荽、辣椒粉炒一下都无妨啊。结果，很多人都说：这样子炒菜很好吃，也充满着异国情调呢。可不是吗？

甜瓜、蜜瓜、哈密瓜

三十五年前，日本的蜜瓜比西瓜贵很多。每到夏天，我们日本老百姓的小孩子，天天吃西瓜是天经地义的事。蜜瓜就不同。

讲起新疆，除了孜然风味拉条子以外，我都一定想起当地的蜜瓜来。新疆有著名的哈密瓜，早在就读日本的中文学校时，就已经听老师讲过。后来到北京留学，因为当年中国物流不发达，首都居民是吃不到哈密瓜的。我对新疆之旅充满期待，其中一个原因就是向往哈密瓜多年。

那是一九八五年的夏天。屈指数起来已是三十多年前的事了。如今中国的物价不比日本便宜，在新疆一个蜜瓜卖多少钱，我不晓得。总之，在今日东京，我们家每早吃的水果，这个季节是蜜瓜、西瓜、桃子。一个蜜瓜有大的也有小的，价钱在六百日圆到八百日圆之间吧。即使是小的，也够一家四口人吃。如果是大的，有时还要分两次吃。这情形跟小玉西瓜的性价比，没有很大区别。

可是，三十五年前，日本的蜜瓜比西瓜贵很多。每到夏天，我们日本老百姓的小孩子，天天吃西瓜是天经地义的事。蜜瓜就不同。西瓜卖几百日圆一个的时候，蜜瓜的价钱会贵几倍，甚至十倍以上。如果是名牌的夕张蜜瓜，听说卖一万日圆以上的都有。当然，我只是听说过却从来没吃到过。

其实有一次，我差不多可以吃到夕张蜜瓜了。那是我读大学做家庭教师的时候。有一段时间，被有钱人家聘请，帮他们家的小学生补习功课。因为是有钱人，别人送来的礼物非常多；自己家人消费不掉的东西，偶尔会送给用人、工人以及孩子的家教。那天，我从小朋友的房间出来，先生跟我说：对了，有夕张蜜瓜，老师带回家吧。然后，他亲自开车把我送到火车站。车子停到了路边，先生看到附近有警察，不敢停太久，叫我下车后，自己匆匆把车开走了；他忘记把那个夕张蜜瓜也叫我带上。那是我跟夕张蜜瓜最接近的一次。至于其他种蜜瓜，价钱也不俗，还是轮不到我吃。

那年代从日本去中国，简直翻身为大富翁似的。一九八〇年代，日本和中国的物价差异至少有十倍以上。尤其到了偏远的新疆，日本卖几千日圆的蜜瓜，这里只要五十日圆一个。记得从乌鲁木齐花两夜三天穿过塔克拉玛干沙漠去喀什的公交车旅途上，每次车子停在绿洲，就有当地人过来卖蜜瓜、西瓜。因为西瓜在日本不稀罕，我就专门吃蜜瓜。大概率不是名牌的哈密瓜，但是一样好吃。大小跟我如今和家人分吃的差不多。也就是说，每次公交车停下来，我都一个人吃了四人份的蜜瓜。到底吃了多少次，已经不记得了。可是，记得很清楚，不到一天我就开始拉肚子了。还好，新疆人很热情，告诉我：你拉肚子了，就吃西瓜好了，西瓜是止泻的。那是我去中国留学两年，学到的可贵知识之一：吃蜜瓜拉了肚子，吃西瓜就会止泻。

后来，我又从中国到加拿大去。住在多伦多的时候，发现那里有一种蜜瓜叫 cantaloupe，果实是橙色的；买来尝尝，很好吃，也不贵，可是我已经在新疆暴吃过一次蜜瓜，失去了对它渴望似的热情。

再后来，搬回日本定居。我发现，蜜瓜早已不是超高级水果了。价钱跟西瓜差不多，不再有人当它是礼物送给有钱人了。对了，单单夕张蜜瓜，直到今天都保持着崇高的地位。味道应该与众不同吧？很可惜，我一直没有机会尝尝。

7

七月

小暑／大暑

清汤挂面的误会
——冷素面

当年在加拿大，如果我能做这山形县风味冷素面带去参加百乐餐的话，那个华人同学说不定还会竖起大拇指来赞扬了。

想起小时候的夏天，除了清煮毛豆、西瓜以外，还经常吃冷素面。

日本的素面很像中国台湾以及中国福建省常见到的面线，也就是长寿面的亚种。据说，最初是在日本平安时代，遣唐使从大唐带回来的，早期叫做“索饼”。到江户时代，渐渐从宫廷、武士阶级普及到民间去。明治维新以后，改称为素面了。

现在日本有半公家性组织明文规定：直径一点三毫米以下的干面才叫做素面。粗一点的则叫“冷麦”，超过一点七毫米的叫做“饂飩”（乌龙面）。至于素面的做法，是把面饼拉长后干燥而成；这一点跟把面饼擀平后切细的“饂饨”“冷麦”不一样。

我儿时印象中的素面是把煮好的面条在流水里洗净冷

却，然后放在装了冰水的大钵中，用筷子捞起来，蘸着柴鱼汤吃。调味料只有汤汁中加的酱油，完全不含菜肉等，特别符合“素面”这名称。

记得在加拿大生活的时候，有一次参加每人各带一味菜肴共同享用的百乐餐，我带去了煮好的素面和柴鱼汤。西洋同学见怪不怪，有位华人同学倒动气说：你这是真正的清汤挂面，还带来给别人吃，不觉得丢脸吗？当场我没回嘴，可心里想：这是我从小熟悉的日本家常便饭，怎会至于丢脸呢？

回国嫁了大阪人以后，我才发觉：原来，在日本关西地区，人们吃素面的时候，先以虾米、冬菇熬汤，然后用酱油、味淋、少许盐调味；同时也准备蛋皮丝、黄瓜丝、姜泥等配料的。婚后第一次，老公把大阪式冷素面端上桌的时候，我非常惊喜，而其中惊讶的成分多过喜悦。

后来，我家夏天吃的冷素面都采用大阪模式，由老公包办了。吃着吃着，我心里想：如果能把这样的冷素面带去参加百乐餐的话，大概那华人同学就不会说三道四了吧。

两三年前的夏季，有一天，老公端出来的素面蘸汁，看样子跟平时不太一样。他说，是一个电视节目中介绍的山形县风味素面蘸汁，听别人说很好吃，所以要试一次。原来，位于日本东北地区的山形县有一种特别的冷素面吃法，乃把罐装的鲭鱼放入汤汁中，用面条蘸着吃。试一试的结果，我们都觉得蛮不错。毕竟鲭鱼是味道很浓厚的一种鱼，大胆放入汤汁中，本来淡薄的蘸汁都变得够有性格了。

我心里想：太可惜了，当年在加拿大，如果我能做这山形县风味冷素面带去参加百乐餐的话，那个华人同学说不定还会竖起大拇指来赞扬呢。同时，也有可能，鲭鱼味道浓厚的蘸汁吓坏了西洋同学们。毕竟，北美主流人士很多都不大吃海鲜。记得有一次，我做寿喜烧牛肉锅招待几个朋友，就是因为我说了调料中含有一点柴鱼汤，使部分人害怕起来，战战兢兢烦恼一番后，才敢动筷子。所以呢，没有吓坏派对客人中的主流人士，也许已算是成功了。古人都说：人生万事塞翁马；虽然我不知古人所说的万事之中包不包含给外国人吃冷素面一事。

完全杂食世代
——街坊外国菜

二十一世纪的日本人早就脱离了祖先们专门吃海鲜、蔬菜、大米的饮食习惯，如今完全是杂食的。

根据网络饮食页的调查，日本小学生爱吃的食物，第一名是咖喱饭，第二名是寿司，第三名是炸鸡块。第四名到第十名则是：汉堡肉饼、炸薯条、拉面、烤肉、蛋包饭、披萨、炒饭。其中说得上是传统日本菜的只有第二名的寿司，其他全都是日本化的外国菜。

咖喱来自印度；炸鸡块（日语称“鸡唐扬”）、炒饭来自中国；汉堡肉饼、炸薯条、披萨来自欧美；烤肉来自韩国。至于拉面，很多日本人相信是源于中国的。蛋包饭呢？应该是欧式炒蛋和中式炒饭在异国日本相遇而结合的吧。

小朋友的口味无疑反映出他们家的伙食来。其实，三十多年前，昭和时代举行的少年民意调查结果，跟这一次的区别并不很大。当时上榜的另有可乐饼、炸猪排、焗烤，都不是传统日本菜。当年的小孩子们如今成了爸妈，让下一代吃的食品，果然以日本化的外国菜为基调。

说实在的，我们在日本生活，出外吃的东西，有一半以上属于外国菜。虽然有时会上荞麦面店、寿司店、天妇罗店、烧鸟店，但一样常去韩式烤肉店，以及法国、意大利、俄罗斯等欧洲风味餐厅。也就是说，二十一世纪的日本人早就脱离了祖先们专门吃海鲜、蔬菜、大米的饮食习惯，如今完全是杂食的。

最近老公过生日，我问他想去哪里吃什么庆祝，答案果然是家附近的法国餐厅“里昂之天空”。当我匆匆打电话订位时，他还从我背后特意叮咛说：别忘记预订鸡白肝芙朗喔！

鸡白肝芙朗是一种开胃热菜。芙朗一词一般指布丁一类蒸过的甜品。可是，这一道倒以鸡肝为主材料，煮熟磨碎后加奶油蒸。日本人吃外国菜，主要想享受当地菜缺少的肉类。我们去“里昂之天空”，点了三种开胃菜、两种主菜，都是肉菜。

先上桌的是猪肉酱，其次是用多种肉做的法式酱糜，跟着就是老公的至爱鸡白肝芙朗，样样都极配法国红酒。主菜之一是里昂名菜牛百叶吉列，之二是烘烤猪五花肉配小扁豆。一家四口到底吃了多少斤肉，我连想都不敢去想了。

晚餐差不多结束的时候，主厨出来打招呼说：我从里昂留学回来，开这家店已经十七年了。

记得那是我们刚结婚搬到这社区来，老大还上幼儿园的时候。

后来，每一两年，我们都回到这里尝尝别处没有的美味；结果，两个小孩都从小吃里昂菜学会享受法国风味了。正如他们也在社区里的小馆子学会吃意大利菜、俄罗斯菜、印度菜等。这样的饮食生活跟上一代、上上一代的日本人很不一样。我很好奇：是否也跟其他国家的人不一样？还是如今无论在哪个国家，大家都跟我们一样杂食了？

山口县的“超辛苦”

我们住在东京，往往误会东京就是日本。其实，大错特错。日本各个地方仍然保持着当地的特色，在饮食上、在语言上……

顺便介绍一下另一家街坊馆子。这家店叫做“ぶちえらい”。当我第一次听老公说去了一家“ぶちえらい”时，完全搞不懂是什么意思。

老公解释说：那是一个年轻小伙子开的店，人家出生于山口县，用地方话取了店名，据说是“超辛苦”的意思。

原来如此。我依稀有印象关西人用“えらい”一词来表达辛苦的意思。前面的“ぶち”应该是意味着“非常”的副词。总之，第一次听到时，我连一点线索都没有。不过，用东京人听不懂的地方话来取店名，是蛮有意思的。

如今日本的饮食产业越来越被大财团垄断。几乎每一个火车站附近都有连锁性的牛肉饭馆（吉野家）、定食店（大户屋）、居酒屋店（庄屋）等，就像几乎每一个火车站附近都有麦当劳和星巴克一样。经过专业的市场研究开发出来的餐馆模式，果然具备种种的成功因素：平均化的菜单虽然缺乏变化，但是容易保持商品水平；定期并大量地采购材料，以便压低成本；在中央厨房里进行一半的加工后运到各家分店去。结果，在每一家的厨房里，即使只有寥寥几个工读生，都能把乍看蛮不错的料理端出来。至少表面上物美价廉的程度不是个人开的小店能比的。

所以，听到有一个外地出生的年轻人，竟然在火车站附近的好地段开了一家居酒屋，而且人家取的店名是东京人听不懂的“ぶちえらい”，我就压不住好奇心，非得自己去看看不可了。

这家店位于火车站对面大超市隔壁的大楼二层，装饰简单但有性格，最特别的是菜单上和墙壁上到处贴着用东京人不懂的山口方言写的话。山口县在哪里？我们小学上课时都学过它在本州岛最西端，隔着关门海峡观望九州福冈县。但它既不是京都、奈良那样的古都，也不像广岛、长崎那样具有悲剧性历史，所以东京人很少想到去那里旅行。

当我正歪着头皱眉的时候，年轻的老板从厨房里出来打招呼。原来，他本是属于东京六大学之一中央大学长跑队的运动员。每年的一月二日和三日，花两天举行并直播全国的“箱根驿传赛”，就有中央大学队参加。应该是高中时在家乡山口县留下了可见的成绩，方能加入全国有名的长跑队。然而，越是强悍的体育队，内部的竞争也越厉害。最后，山口来的青年直到毕业都没机会代表母校参加大赛。尽管如此，显然从挫折中磨练出了少见的精神力，才三十岁左右就开了一家店。这在如今的日本社会，算是一件很不简单的成就。

“ぶちえらい”的招牌菜叫做“瓦荞麦”，是在牛排铁板一般加热的大瓦片上烤一烤茶荞麦面和蛋皮丝等，吃时要蘸一下稍带酸味的汤汁。我们在东京，从来没听说过有这样的食品，但是年轻的老板说，这在老家山口县是挺有名的，因为有追溯到明治时代的西南战争，山口部队追打西乡隆盛等人的历史典故。

是啊是啊，山口县是江户时代的长州藩，是最后推翻了德川幕府的“萨长土肥”（萨摩、长州、土佐、肥前）四个藩之一。结果在明治政府的要人中有不少是长州人。啊，我都记起来了：日治时代的台湾总督有四分之一是长州人，例如乃木希典、儿玉源太郎……其实，现任首相安倍晋三也是长州人，近年来曾邀请俄罗斯的普京等外国领袖到山口县老家去。

讲回佳肴美酒，除了“瓦荞麦”以外，这一家推出的烤鱼干也很特别。只有五厘米长的小鱼“平太郎”共十条，在一个小盘子上整齐地躺着给端出来，看样子挺可爱，吃起来又美味，特别下山口名酒獭祭。

对了，山口县就是这一名牌酒的产地呢。在居酒屋的洗手间墙上贴着早逝的女诗人金子美铃的一首诗，果然她也是山口人。

我们住在东京，往往误会东京就是日本。其实，大错特错。日本各个地方仍然保持着当地的特色，在饮食上、在语言上……原长跑队队员看出来这一点，用家乡话取店名，推出家乡菜和家乡酒，果然跟其他居酒屋的区别很清楚。后来，没几年工夫，他又多开了两家店，如今是三家食肆的老板了。长州人真不简单。

李子的名字

日语的酸桃是汉语的李子。但不知为何，在我小时候的日本，酸桃不叫酸桃而叫 plum。

在大学一年级的初级汉语班，学到了数字和九九乘法表以后，我就叫日本同学们试试说：西施死时四十岁。

那是我第一次去中国香港旅行的时候，当地朋友们要考我的普通话发音而出的题。幸亏我的中文是跟北京来的老师们学的。他们对卷舌音的发音要求特别严格，让我一辈子都不会忘记怎样发出“施”“时”“十”来。

大学一年级的学生们年纪才十八、十九岁，很多都还蛮孩子气的。他们很喜欢挑战一下说“西施死时四十岁”。结果，往往都成为“似似似似似似似”，然后大家哈哈大笑；课堂上的气氛一下子放松下来，也不坏。

叫他们理解这是一种绕口令，我会举日文的例子说：就像“すもももももももも”（su-mo-mo-mo-mo-mo-mo）啦。

“すもももももももも”是在日本无人不知的绕口令。

翻成中文，便是“酸桃和桃子都属桃子”。有一点像在陈可辛电影《亲爱的》里，黄渤饰演的父亲要教儿子的陕西方言绕口令“妈妈的哥妈妈的弟都是舅”。

日语的酸桃是汉语的李子。但不知为何，在我小时候的日本，酸桃不叫酸桃而叫 plum。恐怕是第二次世界大战以后，从美国引进新的品种来，为了跟原有的日本酸桃分别，用起英文名字 plum 的。就像日本土产的樱桃叫“樱坊”，从美国进口的却叫“车厘”；或者本地产的“鲑鱼”，从欧美进口时改称为“三文鱼”一样。

当年偶尔会吃到母亲从水果店买来的 plum。比桃子小，不能分吃，只好一个人吃一个。心中充满期待地咬住，虽然皮下有一层甜蜜的果汁，但是很快就咬到酸酸硬硬的果肉。难怪孩子们对 plum 不怎么有好感。父亲会说：“这就是酸桃吧？”母亲则暧昧地歪头，恐怕她自己都搞不懂。

奇怪的是日文里一直存在着“李”字。比方说，传自中国的成语“桃李不言，下自成蹊”在日本中学的语文教科书里会出现。东京甚至有所私立学校叫成蹊学园，乃安倍晋三首相从小学读到大学的母校，很多日本人会猜想那校名应该是取自中国成语。最近也有男演员叫松坂桃李，父母给他取的名字不会指水果，日本也没有取小名的习惯，应该是期望儿子培养出“下自成蹊”的人格吧。

最近在大学的汉语教科书上，我发现有个生词是“李子”，旁边的语义写成“酸桃”。我怕学生们不懂，特意加了一句“也就是水果店卖的 plum”。未料有一个女同学举手说：“老师，水果店卖的酸桃，好像不用 plum 这名称。”

其他同学都点头同意，叫我一时目瞪口呆。看来这些年，日本的水果市场上“酸桃”这名称又复活，同时开始把紫色椭圆形的“西洋李”叫做“prune”了。

不仅如此，日本绕口令“すもももももももも”实际上跟事实有出入。李子是蔷薇目蔷薇科李属李亚属，桃子则是蔷薇目蔷薇科李属桃亚属。水果专家都说两者是两回事。是从前的日本人不知道吗？还是其实跟“西施死时四十岁”一样，本来就是缺乏事实根据的绕口令而已？

御中元的礼物
——冈山白桃子

冈山据说是童话人物桃太郎的故乡。我有一次去那里旅行，在火车站广场就看到了实物大的桃太郎模型，印象颇深。

日本历来有夏天和冬天送礼联络感情的习俗。七月送的叫“御中元”，十二月送的则叫“御歳暮”，都是从下送上，有请多多包涵的意思。

记得小时候陪母亲去百货公司送出好几十个“御中元”“御岁暮”。当年流行送有重量的礼物：啤酒、食用油、洗衣粉等。我家也有反过来被送的礼物。夏天会有“水羊羹”、果冻之类的冰凉甜品。冬天则会有泉屋、文明堂等著名糕点店的罐装饼干、长崎蛋糕等。当时的孩子们都心中蛮期待的。

后来社会上刮起一股“废止虚礼”风，很多人都不再每逢“御中元”“御歳暮”一定送礼物了。如今我送礼的对象只有娘家和婆家，各送一箱鳗鱼而已。

未料，这两年我倒开始收到“御中元”礼物了。

七月底有一晚，宅配员送来了一个寄自濑户内海边冈山县的纸箱。看看寄件人的名字，原来是我的中国朋友YY。她是个年纪轻轻的商学专家，两年前来日本客座半年，其间积极寻找工作机会，顺利地找到了国立大学的专任职位。在专业方面的成绩可观当然不在话下，更重要的是她的英文好、沟通能力强，都是她的日本同行们赢不过的。

如今的日本大学，在政府文部科学省的指导下，非得雇用一定比例的外国籍教员，也得开一定比例用英文教学的课程不可。然而，在各所大学掌握人事权的是保守的日本欧吉桑们，对他们来说，雇请金发碧眼的欧美学人精神压力太大，反过来看中国女生，视觉上、心理上，容易接受得多。结果，年轻有为的中国籍女性学者们，这些年纷纷得到日本各大学的职位。

你若有机会跟YY聊天，很难不喜欢她。她属于独生子女一代，从小被父母和双方祖父母宠爱；成长在国家经济迅速发展的年代，相信明天只会比今天更好。再说，出国留学时期，亲身体验过西方社会的文化，积极寻求留下来的途径。

我只是在她客座时期，见过面、吃过饭罢了。可是，去了冈山以后，她看到当地土产白桃上市，就给我送了一箱来。冈山据说是童话人物桃太郎的故乡。我有一次去那里旅行，在火车站广场就看到了实物大的桃太郎模型，印象颇深。

冈山其实离大阪不远，坐新干线用不着一个钟头。再说，面前的濑户内海，波浪平稳，小岛散布，简直像庭园式盆景一样美丽，而且能尝到新鲜海味。总的来说，是一个相当不错的地方。尽管如此，从YY发来的电邮，我察觉到小地方有小地方的限制，尤其对长期在大城市生活过的年轻人来说。

一般而言，我认为送“御中元”“御歳暮”都大可不必，可是，收到YY寄来的白桃，看其完美的长相，尝其完美的味道，我还是由衷高兴的。于是不敢一下子吃掉，每天早上剥开一颗吃一颗，就能慢慢享受一个星期了。

花时间享受一顿
——土用丑日鳗鱼日

看着孩子们匆匆吃完一顿大餐，我才晓得，人老了就是需要时间来享受美食的。

据说，日本最早的广告文案家是公元十八世纪，江户时代的奇才发明家平贺源内。他写的“本日土用丑日”至今在日本仍脍炙人口。

“土用”本来指立春、立夏、立秋、立冬之前的十八天，也就是一年里会有四段“土用”。不过，源内挥笔写了“本日土用丑日”的广告旗子插在江户一家鳗鱼店前而吸引了众多顾客之后，代代日本人都认为：立秋前的十八天才是要紧的“土用”，期间的丑日就非得吃鳗鱼不可。

吃鳗鱼补一补的习惯，在日本是早就有的。因为鳗鱼的时令是冬天，昔日的人们主要在冬天吃鳗鱼补一补。可是，对鳗鱼专卖店来说，到了夏天就卖不出多少鳗鱼是个很大的问题。于是找了当年江户城闻名于世的创作家平贺源内，请他帮忙写句广告文案。结果他只写了“本日土用丑日”，人们却自动推想了歇后语的后一半。从此，暑伏丑日吃鳗鱼饭成了全体日本人的习惯。

我小时候吃过的鳗鱼，只有父亲从位于新宿的连锁店“登亭”购买后外带回来的鳗鱼便当。打开还暖暖的黄色包装纸，从里面散发出鳗鱼饭甜甜的香味来，好令人兴奋。后来我上了大学，有年长的朋友带我去池袋火车站附近的鳗鱼专卖店，我才第一次知道原来世上有白烧鳗鱼这玩意儿，蘸着芥末酱油吃，尤其喝着大吟酿冷清酒，实在好吃到不敢相信的地步。

这些年，我去过的鳗鱼专卖店有：东京神田和日比谷的菊川、荻洼的东家，以及滨松、川越、冈谷等名产地的鳗鱼餐厅。除了红烧鳗鱼饭和白烧鳗鱼以外，店家也经常提供鳗鱼肝串烧、蛋卷鳗鱼、凉拌鳗鱼黄瓜等小菜。

问题是，过去十年在物价稳定的日本，只有鳗鱼的价钱越来越贵，已经翻了一番了。鳗鱼本来就不便宜，翻了一番以后，一个人起码四五千日圆的消费，属于平民百姓的食品中最贵的一项。再说，同样价目，如果用在意大利餐厅或回转寿司店的话，就可以花两个钟头慢慢享受美食吧。可是，鳗鱼嘛，虽然料理起来需要点时间等候，上桌后反而快得要命。一个钟头以后走出门来，肚子是饱了，心情方面却不一定。

于是，从各个角度着想，今年我决定在家里做一顿鳗鱼餐。事先把冷冻的红烧鳗鱼和白烧鳗鱼采购好，到了土用丑日，再去鱼店补买鳗鱼肝和另一串用来做小菜的红烧鳗鱼。回到厨房，先煮饭，准备泡菜，拿点鳗鱼肝来做清汤。把买来的一串蒸热切小后，再跟黄瓜片一起用三杯醋拌一拌。等米饭煮好了，给两个小孩端出妈妈制鳗鱼餐来；至于老两口呢，先吃点串烧、白烧、凉拌，同时喝点清酒，不亦乐乎。看着孩子们匆匆吃完一顿大餐，我才晓得，人老了就是需要时间来享受美食的。

8

八月

立秋／处暑

东京马来西亚菜

至今多数日本人对马来西亚菜根本没有概念，不知道叻沙、沙嗲、椰浆饭、肉骨茶、海南鸡饭是怎么回事。

东京有很多外国餐厅，其中最多的是美国、中国、韩国、意大利、印度风味的馆子。中学生结伴去吃汉堡；全家聚餐常到中餐馆包厢；小家庭周日的晚餐要去吃韩国烤肉；年轻情侣拍拖会去意大利餐馆；想吃得特别、吃得饱就去印度餐厅。

曾经一时，日本也流行过东南亚风味餐馆。忽然间，东京街头出现了很多泰国餐厅、越南餐厅。结果，不少日本人学会享用香菜、柠檬香茅、鱼酱等充满异国情调的香料、调味料。如今，日本人大多把香菜借用泰语发音叫做"phakchi"，也把鱼酱叫做"nampla"。有部分人爱吃香菜爱到走火入魔，导致银座开了一家香菜专门餐馆。这家"PHAKCHI JO'S"推出香菜色拉、香菜披萨、香菜炒饭、香菜牛排、香菜饺子等，真不知泰国人去了会有什么感想。

尽管如此，却有一种南洋菜，在日本一直不怎么出名。那是马来西亚菜，好像整个东京都没有十家专门店。于是至今多数日本人对马来西亚菜根本没有概念，不知道叻沙、沙嗲、椰浆饭、肉骨茶、海南鸡饭是怎么回事。想想马来西亚近几年是日本人退休以后最希望去长居的“乐园”，这其实是有点奇怪的现象。

我有机缘去过马来西亚几次，对当地的风土民情很有好感。最近东京涩谷青山通的一家小剧院连续播放马来西亚电影；乃已故女导演雅丝敏·阿莫生前拍的六部影片。过去两年，我看过她的最后一部《恋恋茉莉香》和第二部《我爱单眼皮》，这回要看另外四部加上我最喜欢的《恋恋茉莉香》。结果在三个星期里去了五次青山通，出乎意料地发现了离剧院走路才一分钟的地方，有家难得的马来西亚餐馆就叫Malay Asian Cuisine，而且水平蛮高的。

尤其是他们的午饭套餐，很吸引人。除了任选一种主菜外，还有自助的色拉、鸡汤、冷饮、热咖啡、甜品，价钱一千日圆，是非常划算的。我总共去了三次，吃了叻沙、牛肉咖喱、马来鸡饭；另外还有马来炒饭、马来炒面、椰浆饭。感觉上，一周去五次都没问题。果然，顾客中不仅有附近公司上班的日本人，也有在东京工作或来旅游的马来西亚人。

雅丝敏的电影，每部都有不同的风格。如果她没有才五十一岁就中风去世，肯定还能拍出许多好作品来，其中一定有一些杰作。她最后一部《恋恋茉莉香》是我这半辈子看过的影片中，绝对能进前五名的佳作。评论家说：雅丝敏作品里的马来西亚是理想化的国土。尽管如此，在不同影片中出现的可爱女主角 Orked，以及上了年纪仍像年轻情侣般亲亲抱抱的她父母，光是在银幕上看到都叫观众对人生充满希望。

去看马来西亚电影，意外发现马来西亚餐厅，这也算是机缘吧，叫人珍惜不已。

夏天的便当

清早做的便当到了中午才吃，中间有六个钟头时间。这些年，日本气候有热带化的趋势，做母亲的不能不担心：便当盒里面的东西会不会坏掉?

看作家米果写儿时回忆的散文《如果那是一种乡愁叫台南》，觉得不可思议的是：台湾省的学童带去上学的便当，都是在学校里蒸热后吃的。米果是少数的例外：每天中午母亲把刚做好的便当直接送到学校来，就像李安电影《饮食男女》里的朱爷爷。喔，多么幸福的孩提！

据我所知，日本学校从来没有蒸热便当的设备。

日本的公立小学在第二次世界大战以后，几乎一直供应营养午餐。至于好不好吃、受不受欢迎，每个时代的学生都有说不完的意见；但是，至少对家长来说，不用担心小朋友的伙食就是了。

东京的公立学校，提供午餐到初中毕业为止。上了高中就得自己想办法解决了。具备食堂的高中不多，一般来讲，至多卖面包和饮料而已。为了省钱，也为了不让宝贝挨饿，多数母亲叫孩子带便当上学。我都为了儿子做了幼儿园三年和高中三年的便当。幸亏，两所学校都离家算近，做母亲的早上五点半起床就来得及做便当。儿子在高中的一些同学，住得离学校很远，六点前就要出门；他们的母亲则很辛苦，要四点钟就起床，做早餐、做便当，甚至开车把孩子送到火车站去。

清早做的便当到了中午才吃，中间有六个钟头时间。这些年，日本气候有热带化的趋势，做母亲的不能不担心：便当盒里面的东西会不会坏掉？为了避免难堪的情况发生，无论是米饭还是菜肴，都等冷却以后才塞进便当盒去。老人家说，白米饭中间塞一个梅干就能起到防变质的作用，所以也塞一个吧。

我在日本“生协”（消费合作社）的商品单子上看到有一种“哇沙米纸”，乃吸收了哇沙米（山葵）成分的小纸片，据说放在便当盒内，可以防止食品变质。我买过，也塞过，但不知道实际上有没有用。与其把“哇沙米纸”放在便当盒里，倒不如把便当盒放在保冷袋里吧。所以，每年夏天最高气温超过三十度时，我都会把便当盒跟保冷剂一起放进内侧贴了铝片的袋子里。没想到，有一天儿子回家埋怨我道：保冷剂太强力，导致便当盒中的米饭都冻结了！

总之，在我印象里，关于便当最大的问题是如何防止变质，而关键在于如何保冷到午休时间。所以，看米果写到在热带的台南，要把便当加热吃，我一时觉得不可思议。这有点像看着杨德昌电影《一一》，发现台北的小学生趴在桌子上集体睡午觉，一个人逃走的洋洋出门时不换鞋子一样（两者在日本学校里都是不曾发生的情形）。

另一方面，我知道日本有保温便当盒。到了寒冷的冬天，不忍叫宝贝吃冷冷的便当，有些母亲买来保温便当盒。听说，最近也很流行咖喱饭、牛肉饭等有汤汁的便当；果然是保温便当盒，不仅能保温而且能密封，促使午餐内容多样化。据厂家说明：放进盒子中的饭菜汤水只要最初有六十五度，就不用担心会变质，因为坏蛋细菌的活动温度是在三十度到四十度之间。

原来，食品并不是温度高了就开始坏掉的。从三十度到四十度，人类觉得难熬的温度正是对细菌来说活动能力最强的环境。在曾经温带的日本，气温很少到三十度，所以不用担心便当内容物会坏掉。后来，气温开始超过三十度，大家拼命往冷却、保冷的方向去努力。反之，在历来属于热带的南台湾，人们早就知道保温加热才是避免变质的途径。于是，在学校里有把便当盒蒸热的大型机器。那到底是多大的？我很好奇。

秋刀鱼去哪儿了？

秋鲑的季节本该是秋天十月、十一月。现在才八月底却已经在市场上看到秋鲑，该说是不寻常的现象。

八月下旬了。我去最喜欢的鱼店“鱼力立川店”逛逛。今天有什么好鱼吃呢？

每年这个时候，日本东北地方宫城县产的秋刀鱼该上市了。然而，今年似乎受了地球暖化的影响，秋刀鱼不仅少之又少，而且小之又小，结果一条卖三百五十日圆。这是比往年贵三倍的价目了。平常一条又大又肥的秋刀鱼卖一百到一百五十日圆之间才对。暂时不买也罢。

没有秋刀鱼，却已经出现秋鲑了。这些年在日本鱼市场上，一方面有挪威、智利进口的大西洋三文鱼、鳟鲑鱼做成刺身吃，另一方面也有日本传统的银鲑鱼。当地产的银鲑鱼早前是专门加热吃的。最近，为了跟进口三文鱼竞争，青森县等部分地区开发出来灭菌养殖能生吃的银鲑。

日本国产银鲑鱼的价钱相对合理，我喜欢用奶油煎来吃，或者做成北海道料理酱酱烧，乃跟胡萝卜、高丽菜、芽菜等蔬菜一起，用味噌、奶油边烧边吃的。鲑鱼产地北海道，亦以牧牛闻名，所以当地名菜往往最后添入奶油画龙点睛。

当地产秋鲑上市，同时也有新鲜鲑鱼子上市。寿司军舰卷上出现的鲑鱼子，一年其他时候都用盐腌后冷冻。秋天跟鲑鱼母亲一起上市的新鲜鱼卵，可以买回家后在盐水里松开，然后用清酒酱油腌个片刻。到了晚餐时间，下酒也好，下饭也好，总之是再高级不过的庶民名菜。

只是，秋鲑的季节本该是秋天十月、十一月。现在才八月底却已经在市场上看到秋鲑，该说是不寻常的现象。犹如本来该带领秋刀鱼回日本海域的鲣鱼（回鲣）早就自行回来，在鱼店里常见到已有一段时间。显而易见，地球暖化使可怜的鱼类把季节的概念弄糊涂了。

当然，最糊涂的是我们人类。七月底国人集体吃了一顿“土用鳗鱼”餐以后，我每周去“鱼力立川店”都看到大量冷冻的红烧鳗鱼。显然是“土用丑日鳗鱼日”没有消费掉的存货，拿出来摆着都卖得相当慢。也不奇怪，一条鳗鱼能做成两个人的晚饭，可即使是相对廉价的中国产一条也卖一千多日圆，若是日本产的，个儿小很多却比中国产的贵一倍。像我家四口子，至少需要买两条鳗鱼，就得花五千多日圆了。以这数目，其实可以买好多种刺身回家，连做成简易版什锦寿司都完全可能。谁宁愿早早买了红烧后经冷冻，然后连续好几个星期都重复出入冷冻库的货色？

日本菜市场上，鱼类呈现的季节感跟水果一样强，所以我才喜欢逛鱼店。然而这些年，一方面由于地球暖化，另一方面由于商业主义的过头，上市的鱼类逐渐失去了季节感。

回味台湾料理

烧饼、蛋饼、咸豆浆、油条、白粥、地瓜粥、炒面、汤面、肉包子、菜包子、芋头包子、叉烧包子、小笼包、饭团等，实在五花八门，数不清。

去中国台湾一个星期，食物品种之丰富给我留下了深刻的印象。

先说台湾的早餐吧。烧饼、蛋饼、咸豆浆、油条、白粥、地瓜粥、炒面、汤面、肉包子、菜包子、芋头包子、叉烧包子、小笼包、饭团等，实在五花八门，数不清。相比之下，日本的早餐基本上只有干饭和吐司。嫌花样少了，我家会吃冲绳式炒米线、意大利面条，又或者中式、南洋式炒饭，但都不是当地传统。

台湾人午餐晚餐吃的很多食品，在日本也是吃不到的。例如，我们抵达台东当晚去吃的鹅肉。日本连鸭肉都很少呢，大多数人根本没听过鹅肉可吃。我们同时叫的炒菜，如姜丝炒大肠、炒鳝糊，甚至烫地瓜菜、A菜，也在日本从来没吃过。

台东风味米苔目、猪血，也是日本没有的。和多种豆类、粉圆类一起吃的豆花、刨冰，若在东京的话，只有台湾人开的几家店供应，价钱要贵两三倍。我们去成功镇大海边鉴赏“月光·海音乐会”，平生第一次吃到台湾少数民族的菜肴，例如烤全猪、紫米香肠阿拜等，样样都很好吃。

往高雄的自强号上吃了台铁鸡腿便当。少吃肉的日本人想象不到居然把整整一根鸡腿塞入便当盒里吃，这不是圣诞节的大餐吗？再说，台铁车站便利商店卖的木瓜牛奶、西瓜牛奶，我们在日本也没喝过。日本的牛奶只有鲜奶、咖啡奶、综合水果奶。

热带水果的种类，台湾当然多很多了。这回第一次尝到的释迦真好吃。龙眼也是日本没得卖的。土产凤梨的果汁特别多。

在高雄的第一晚，慕名去吃了牛老大火锅。没冻过的当地产牛肉很可口不在话下，牛百叶、牛心、牛舌都很新鲜、很软嫩。我们平生第一次吃到了牛腰火锅。在日本，吃到内脏的机会不多，何况是牛腰。日本和牛的腰都去哪儿了？

在高雄，第二天的午餐，吃了栈贰库小红食堂的牛肉面。你相信日本吃不到牛肉面吗？吃完了坐渡轮去旗津，拜妈祖，买几包乌鱼子，然后在海鲜一条街用餐。乌鱼子在日本几乎属于传说；流通量少，价钱昂贵，很多人只听过而没吃过。没错，日本人常吃海鲜。但是，快十八岁的女儿那天平生第一次吃到了白煮虾。至于海瓜子、小卷、海螺，日本虽然有类似的食材，但是做法不同，风味也很不一样。台湾到处都有，但在日本就是没有的食品，金瓜炒米粉也是其中之一。

来了台湾省，小女生想尽情喝珍珠奶茶，但是知道粉圆卡路里高，所以坐高铁她只买珍珠奶茶和草粿，不买便当。台湾的麻糬比日本的软，花样也更多，有花生、芝麻、绿豆，甚至鲔鱼馅的，特别讨女生喜欢。

台北是我们来过最多次的台湾省的城市，自然最熟。第一晚，去南京西路新光三越后面巷子里的采岩堂面馆，特地去吃的是怪味抄手面。抄手应该是四川话馄饨的意思吧；我很久以前在成都吃过红油抄手。台北这一家做的抄手、面条都很好吃。虽说是馄饨，内容很丰富，有如香港虾云吞一样大，和扁扁的福建扁食不一样。但是，传到日本来的馄饨又偏偏是福建扁食，含肉量不多。采岩堂的炸响铃（炸馄饨）、牛肉卷、小菜如拍黄瓜、凉拌牛蒡等，样样都很不错。

第二天早上，我们没订酒店早餐，去附近的双连朝市买水果和包子（咸的和甜的），老公也要吃锅贴。中午则去龙山寺附近的周记肉粥，除了肉粥以外，再点红烧肉、花枝、茭白笋色拉、烫芥蓝。日本没有茭白笋、芥蓝，想起来都奇怪。拜拜完了就去附近的龙都冰店吃招牌的八宝冰，三个人分一碗吃恰合适。

晚上要吃台菜，于是从松菸文创园区到欣叶信义新光三越店去。点了花枝丸、菜脯蛋、脆皮大肠、润饼、蚵仔豆腐汤，以乌鱼子炒饭画龙点睛。在台湾并不稀奇吧？但在日本全吃不到。

最后一天的早上，到酒店附近的世纪豆浆大王买饭团和小笼包。说要外带，店家就送酱油、辣椒酱、大量姜丝。这一个星期在台湾旅游，注意到台湾人摄取大量的姜，大概跟闷热的气候有关吧。中午，出版社请我们吃北京烤鸭。除了烤鸭两吃，还有银杏百合、鸡丝豌豆、干贝丝瓜等，回日本再想都吃不到的美味。

在台北能吃到中国各地的风味；但在日本要吃中餐，基本上只有大杂院式的“中华料理店”，叫我觉得不如自己炒来吃。

两个月的新鲜期
——毛豆和玉米

新鲜玉米的季节跟新鲜毛豆的季节一样短。七月和八月，大约两个月而已。

到了夏天，我每星期至少吃一次毛豆。应时的毛豆，味道跟冷冻的完全不同。我虽然特别爱吃豆类，但是从来不想特地吃冷冻的毛豆。

老公爱吃肉，对蔬菜等食物几乎没有兴趣。去烤肉店时专门点肉，若有伙计问："需不需要蔬菜？"他会不高兴的。那并不是说他不吃蔬菜。在家里，我做的他吃，他自己也做给别人吃。只是对他来说，蔬菜好比是绘画中的背景一样，永远不会成为主题。

尽管如此，有一种蔬菜，他会主动买来吃。那是玉米。夏天应时的玉米，特别甜，很好吃，一个人吃一根很轻松，完全没有问题。日本人吃玉米，一般都是水煮着吃。夜市上有卖蘸酱油烤的玉米，吃起来很香；但是，自己在家要蘸酱油烤玉米，容易烤焦，不好做。最近，老公把买来的玉米去皮后直接放在烤箱里，十分钟就会烤熟，这做法最简单也最好吃。

日本人吃玉米，一般是搁盐吃的。我在加拿大居住的日子里，学会了涂奶油吃。夏天的加拿大，大量玉米上市。记得暑假里开车去乡下度假，公路两边不时出现男女中学生一袋一袋地卖玉米的摊子。他们是农家的孩子，帮父母卖农产品；大概是自己赚的钱可以当零用钱放在口袋里。

回到日本，玉米是一根一根卖的。一百日圆能买到完美的一根玉米。看起来无瑕疵，味道也很甜。烤熟了以后，连搁盐都多余，更何况奶油，直接吃就够好吃了。

新鲜玉米的季节跟新鲜毛豆的季节一样短。七月和八月，大约两个月而已。毛豆的退场是阶段性的：从普通毛豆到茶豆到黑豆，花半个月时间渐渐退场。相比之下，玉米走得很突然。有一天，老公去超市发现：今年的玉米季已经过去了。不用伤感嘛，到了明年会再回来的。暂时吃冷冻的怎样？不。他喜欢的是新鲜的玉米。再说，那是他唯一主动喜欢吃的蔬菜。

茄子的味道

以前的日本家庭，经常烤鱼吃，当年要烤茄子也很方便，烤熟了以后，马上放入冷水中，去掉焦黑的皮，切成小段，搁上姜泥酱油吃。

根据民意调查，日本小孩子喜欢的蔬菜，第一名是番茄，第二名是黄瓜，第三名是马铃薯。这个结果大概跟他们常吃色拉有关系。马铃薯对小朋友们来说，要么是炸薯条要么是马铃薯色拉的材料。

另一方面，他们不喜欢的蔬菜，第一名是青椒，第二名是茄子，第三名是番茄。这个结果恐怕也跟他们常吃色拉有关系。例如青椒，做父母的以为生吃都无妨，于是干脆放入色拉中去，却被小朋友们拒绝。茄子也可以生吃，日本传统的咸菜糠渍中，就有生茄子。然而，不能否认生茄子的口感有点特别，像吃海绵似的。

我家两小孩，从小不大有偏食的问题。然而上了高中后，有一天都告诉我道：最近才吃出茄子的味道来了。

原来，他们小时候吃茄子并不觉得好吃，只是不排斥而已。于是，我想起来第一次成功叫老大吃茄子的时候。那天，我按照日本食谱做了“利休茄子”。

利休是日本茶道创始人千利休。他除了树立茶道程序外，还写下了一些适合请客的菜肴做法。做“利休茄子”时，首先去掉茄子皮，然后切小，用少许麻油炒一下，再加清酒盖上锅盖，小火焖到茄子变软。等稍微冷却，在擂钵里，混合芝麻酱、味噌、酱油、糖和醋，最后放入茄子搅拌好就成。

叫小孩子吃蔬菜，往往需要食用油和调味料的帮忙。孩子们还小的时候，经常有油炸或者韩式冷拌的蔬菜上桌。世界著名的炸薯条不在话下，南瓜、蘑菇、秋葵、莲藕等切小后油炸，再撒上盐和蒜头粉，孩子们会吃得高高兴兴。至于韩式冷拌，则可以用菠菜、高丽菜、空心菜、茄子、牛蒡、四季豆等，几乎任何蔬菜都切小水煮晒干后，用麻油、胡椒盐或者酱油、醋调味，再撒下点芝麻，孩子们也不会提出抗议的。

日本式的茄子食谱，最普通的是天妇罗和烧茄子。后者其实还有烤茄子和炒茄子之别。以前的日本家庭，经常烤鱼吃，当年要烤茄子也很方便，烤熟了以后，马上放入冷水中，去掉焦黑的皮，切成小段，搁上姜泥酱油吃。只是如今日本厨房中的火炉都根据消防局的指示，有了感应式火力调整的功能，虽然防止火警有用，但是火力自动调整得一会儿大一会儿小，茄子烤熟以前，颇需要时间和耐心。

至于炒茄子，乃在平底锅里把茄子片炒熟后，一样搁上姜泥酱油吃。记得曾经在广州中山大学留学的日子里，我平生第一次炒茄子吃。结果，平底锅里的花生油被茄子片吸收得又快又多，叫我害怕极了。移到盘子上的茄子片，没有熟透却已焦黑，没法子吃。

我估计，对全世界很多人来说，如何用少量油来炒透茄子，一直以来都是个很头疼的问题。答案在“利休茄子”的做法中：焖熟或者蒸熟，其实水煮都无不可。

两小孩儿吃出味道来的茄子料理，首先是“扬出汁茄子”，即把切片后油炸的茄子，放入用酱油和味淋调味的柴鱼汤（类似于天妇罗蘸酱）里。吃的时候，再搁上姜泥和柴鱼片。

到了八月底，茄子的季节逐渐开始结束。虽然如今一年四季里都有茄子卖，可还是应时的蔬菜既便宜又好吃。我非得抓紧机会做的菜式是地中海风味的“木莎卡”，也就是茄子肉酱千层派，基本上是意大利菜千层面的面板以茄子片来代替。

首先要把茄子炒熟；我因为害怕会太油，于是拿出中式蒸笼来，把抹上了一点油的茄子片蒸熟。然后，在涂上了橄榄油的焗烤盘子里，先放一层茄子片，再搁下肉酱、芝士、酸奶。做焗烤，用两种酱汁的效果会明显更好。“木莎卡”的材料除了番茄肉酱以外，传统上要用奶油、面粉、牛奶做的白酱。我发现以酸奶来代替白酱，则既能省事也能减卡路里，味道一点也不差。敷下了三层茄子、肉酱、芝士、酸奶，最后放入烤箱里，烤上半个钟头即可。晚饭开动的时候，把整个烤盘端上桌子，用刀切成一块一块，并跟中东式口袋饼一起吃，则加倍有异国情调了，虽然所用材料几乎都是家里常备的。

嫩姜与豆类

嫩姜不仅口感比老姜温柔，味道也相对淡薄。可是，作为菜肴中的配角，味道淡薄不一定是弱点，反而会是优点。

今次去台湾，关于饮食印象最深刻的是：台湾人吃很多姜。

在台东的第一晚去了新生路绿屋鹅肉店，切好的鹅肉旁边就有一大堆姜丝，是切得特别细的。然后叫的炒菜里也几乎都有姜丝，例如在炒大肠、海鲜炒面、鳝糊等之中。

一般日本人的印象里，中餐必含葱、蒜、姜。可是，在不同的地区、不同的年代，葱、蒜、姜用的比例和量会不一样。比方说，在中国北方，葱和蒜的存在感突出。早上在小馆子里吃着肉包子时，发现旁边坐的中国男人，边吃包子边咬口生蒜，禁不住目瞪口呆了。在老电影里，过去也有中国工人晚上回到自己的窝，一手拿着长长的葱，吃一口葱喝一口酒的场面。

日本人对臭味非常敏感。我在大学的一些同事，上课前不吃蒜头，连前一天晚上用餐，都要回避韩国烤肉等会含蒜头的食品，为的是不让学生们闻到嘴中留下的蒜头味。他们若知道有些中国人直接就吃生蒜、生葱，肯定闹恐慌了。

相比之下，台湾省的伙食就温柔多了。其中一个因素就是，在葱、蒜、姜三兄弟中，姜弟活跃的场面比较多。这恐怕跟当地闷热的气候有关。另外，辣椒虽然处处可见，但是胡椒用得也相当多。跟广东菜比较，吃台湾菜吃出胡椒味的频率就高了。

回到日本去菜市场逛，我看到有嫩姜卖。以往买了嫩姜，我专门做成跟寿司一起吃的糖醋泡姜片。这天，平生第一次想到：嫩姜其实可以当菜吃。于是当晚做鱼丸汤，把切成丝的嫩姜先放在碗底，然后灌汤水喝，效果蛮不错的。第二天蒸鱼，也把嫩姜丝搁在鱼肉上，果然吃起来特别鲜。第三天做印度式咖喱，不仅在咖喱汁中放入姜末，也把姜丝跟炸葱头、葡萄干一起混合于米饭中。结果，自家制咖喱的等次好像上了一层楼似的。

嫩姜不仅口感比老姜温柔，味道也相对淡薄。可是，作为菜肴中的配角，味道淡薄不一定是弱点，反而会是优点。这次的台湾之行，为我家伙食带来了嫩姜这么一种帅哥配角，我颇为高兴。

我在台湾省“发现”的另一样魔法食品是豆类。这一次台湾之行，有十七岁的女儿陪伴，而她恰好是对流行事物格外感兴趣的年龄层。众所周知，日本这些年非常流行台湾甜品，最红的当然是珍珠奶茶。另外，台式豆花、刨冰店也在东京繁华区纷纷开张，并且在店前常常出现不短的人龙。我家十七岁的少女一知道在台湾吃特色甜品，人龙也短，价钱也便宜，就宣布每天至少要吃一样了。于是，这一次在台湾，我特别注意哪里有冷饮店、豆花店、刨冰店，而自己也陪她吃了一些。

结果发现，台湾甜品中，豆类跟水果争风头，简直可当主角了。豆花是豆腐的妹妹，我早就知道。但是没有想到，台湾豆花有那么多不同豆类。我以前在中国大陆、中国香港尝过的豆花，似乎只加糖水。

在台东，我们把衣服带去投币式洗衣店。恰好附近有家豆花店，各点一样甜品坐下来，边聊边吃完的时候，正好衣服也差不多洗好了。而那家的招牌豆花，就有红豆、绿豆、花生、花豆、薏仁等陪伴。我后来得知，在台湾，刨冰的配料也类似于豆花的配料，几乎一半属于豆类。在日本，媒体报道台湾甜品热，一般就讲到芒果以及粉圆的人气多么高，却很少讲到豆类。

日本没有豆花，但是历来有刨冰。然而，吃了一次台湾刨冰，日本刨冰就显得太可怜了。因为我们从小吃的刨冰，虽然有草莓、甜瓜、柠檬、蓝色夏威夷等之别，但其实全部都是彩色糖水而已：颜色不同，味道一样，吃完舌头都染成红、绿、黄、蓝各种颜色了。

日本刨冰中，唯一“有料”的花样是“宇治金时”。宇治是京都的一个地名，当地产的茶叶很有名，因此含有茶叶的食品，往往就叫“宇治”什么的。“金时”本该是“金时豆”（大红豆）的简称，但是一般来说，实际上为普通红豆。就是日本最高级的“宇治金时”刨冰，也只是在冰沙上浇了一点绿抹茶糖水，搁了一点红豆而已。哪里比得上台湾的刨冰？

我们在台北去的万华广州道龙都冰果专业家，所推出的无敌八宝冰，就添加了红豆、大红豆、绿豆、花生、芋头、粉圆、芋圆、脆圆，最后还以牛奶布丁画龙点睛。无敌八宝四个字，显然是名副其实的。我的结论是：事关饮食，还是台湾人厉害。我以后不用在日本吃刨冰，更不用说豆花了。

台东饺子屋

过去二十年里，台东市面上的变化蛮大的。火车站迁址，高楼大厦林立，铁花村等具有艺术性质的设施也不少。

这次去台东，其实是我们的第二次。二〇〇〇年年初，我为了宣传台湾出版的第一本书《心井·新井》去了台北几天，工作结束后，跟老公、老大一起坐飞机去台东休假。

当时老大还不到两岁，是一个非常调皮的男孩子。若能把他留在日本，自己单独出来工作不知方便多少。可当时他还没有断奶，晚上睡觉要吸奶；我不忍心一个人出门。结果是好还是不好呢，很难说。人生往往是没有选择的。

当年台东给人的感觉比今天偏僻很多。天空很大，常遇到少数民族，不远处有知本温泉。我们印象最深刻的是一位老人家，是一家餐厅的老板。

带着小朋友旅行，吃饭最重要的是找他能吃的东西。当年老大喜欢吃的台湾风味有花枝丸以及水饺。于是在台东的几天，我们重复去了离饭店不远的一家小馆；门口边坐着小老板，边看店边包饺子。

除了他以外，店里还有大老板和孙女，孙女也是刚刚学会走路，看起来才一岁多。两个小朋友连母语都还不会说，玩耍起来却一点阻碍都没有。大老板对小朋友们的态度又严厉又和蔼，而且内外无别，很有原则。

当我家老大不吃饭而到处跑时，大老板会告诉他：先吃饭，然后再玩。当天开始变冷，大老板则说：多穿一件衣服，免得着凉。看他那样子照顾我家孩子，我心头好热，因为在东京，人和人之间的距离很远，从来没有一个外人那么亲切地对待我儿子。

这回，相隔十九年再去台东，老大已经大学三年级了，不肯跟父母一起旅行。还好有十七岁的老二女儿愿意跟我们一起去台东。

在台东的三天，我们走了走老市区，寻找那家小馆子。据记忆，好像在水果一条街和老火车站中间。可是，走来走去就是找不到。大概已经关门，房子都拆掉了。

过去二十年里，台东市面上的变化蛮大的。火车站迁址，高楼大厦林立，铁花村等具有艺术性质的设施也不少。这次我得知：“铁花”两个字来自清末驻台东的官员胡传的字，而胡传就是胡适的父亲。

第二次去台东，我们心中的好感没有减少反而增加了。环境美，人又好。其他还要什么？我们只是怀念二十年前去过的小馆子，在那儿帮我们照顾小朋友的大老板。

9

九月

白露／秋分

巨峰葡萄与新高梨子

在日本种植的“新高”梨子，却没被迫改名，至今都称为“新高”，而且被誉为全世界最美味的梨子。也就是说，“玉山”的旧名只留在梨子身上。

不知不觉之间，西瓜和香瓜的季节已经过去了。这个星期，早餐上我家饭桌的水果是：桃子、葡萄、梨子。其中，桃子已经在时令之尾，既大又甜，但是果实较硬；我猜是从前专门用来做罐头的品种。

有趣的是，在日本，桃子叫桃子，正如西瓜叫西瓜，但是葡萄就不叫葡萄，反而以个别品种称之。

还在夏天的时候，领先上市的红紫色小粒葡萄叫做“德拉瓦”，乃美国俄亥俄州的一个地名；这种葡萄于一八五五年在当地发现。

九月初上桌的深紫色大粒葡萄则叫做“巨峰”。把一种水果，也不是西瓜那么大型的水果，称为“巨峰”，乍听有点奇怪吧？查查这个专用名词的来源，原来是：开发出这种葡萄的农园位于日本第一峰富士山南边的静冈县。从事这项开发工作的农学家大井上康，每天望着灵峰，埋头研究长达二十多年。一九四六年，他终于成功让新品种发明的时候，取名为“巨峰”。至今七十多年，现在日本生产的葡萄中，大约六成是“巨峰”。一样大粒有深紫色皮的“猫眼葡萄”也是由巨峰改良过来的。

我小时候吃的葡萄看样子像是“德拉瓦”，小粒带红紫色的皮，可是吃起来味道酸，没有“德拉瓦”那么甜，再说还有籽。所以，边吃边要吐皮儿和籽。那种葡萄叫“甲州”，名字取于富士山北边的名产地山梨县的古名；现在还大量生产，但主要用来酿造日本产葡萄酒。

几十年前的日本小孩子，吃着酸酸的“甲州”葡萄，非常憧憬水果店摆着卖的大粒品种。当年流行的大粒葡萄还不是“巨峰”，而是草绿色的“亚历山大麝香”葡萄。有一段时间，它原先占有的市场被“巨峰”夺走而独霸了。然后，几年前开始，市场上又出现了跟“巨峰”一样大粒，皮却呈草绿色，价钱相当昂贵的新品种叫“香印麝香”葡萄。

“香印麝香”葡萄是日本政府农林水产省在广岛县的农场上开发出来的。它是“亚历山大麝香”葡萄和美国原产的“司特本”葡萄以及欧洲品种的“白南”葡萄交配而成的。果然是不同品种的优点集于一身，虽然价钱不俗，还是蛮受欢迎。

至于梨子，在日本分为和梨、中国梨、西洋梨三种。圆圆如苹果的和梨，看样子就跟灯泡形的中国梨、西洋梨不一样。和梨的口感本来比较硬，可是经过多年来的改良，现在口感、糖度、水分各方面都明显改进了。

其实，和梨中还有红梨和青梨之别。我小时候，鸟取县产的青皮“二十世纪”很受欢迎。“二十世纪”那个名字，当年听起来是很摩登的。即使到了二十一世纪的今天，“二十世纪”的生产量为全国第三名，市场占有率达百分之十三。登在排行榜上的，此外都是红梨了。

红梨第一名的“幸水”（市场占有率百分之三十四），最早从八月底就开始上市；跟着上市的“丰水”（百分之三十）比“幸水”大，果汁也多。第三名“新高”（百分之十一）的名字取自中国台湾玉山（日治时代曾叫做“新高山”），从十月到十一月，深秋的时候盛产，往往一粒就有八百克到一点五千克那么大。

一九二七年，“新高”初问世的时候，台湾还在日本统治下。当时有规定：新开发出来的蔬果类名称要用国内地名。由于这类梨子的质量突出，所以才借用了当时日本国内最高的山岳“新高山”的名字。玉山海拔高达三千九百五十二米，比“巨峰”富士山还高出一百七十六米；经过甲午战争，台湾由清廷割让给日本以后，据说明治天皇亲自为国内第一山改的名字就是“新高山”。半世纪过去，第二次世界大战以日本投降而结束，一九四七年，把“新高山”的名字改回了“玉山”。然而，在日本种植的“新高”梨子，却没被迫改名，至今都被称为“新高”，而且被誉为全世界最美味的梨子。也就是说，“玉山”的旧名只留在梨子身上。

在一年四季吃到的水果中，梨子是唯一在我居住和上班的东京都西部、神奈川县北部生产的。因为种植在东京三大河流之一多摩川两边，这一带生产的梨子被统称为多摩川梨。除了全国性的“幸水”“丰水”“二十世纪”“新高”以外，还有当地特产的“多摩”“稻城”等品种。

“多摩”和“稻城”其实也取自地名，两个都是东京西部多摩地区的市镇。

每年九月、十月，在我生活圈的火车站前、大马路边，常常看到临时摆出来的摊子，竖立着“多摩川梨”的旗帜，大包大包地卖梨子。当地产的水果感觉很亲切，再说一看就知道质量也不错。只是，价钱不会便宜，再说一大包的梨子扛回家太重了。所以，实际上吃到“多摩川梨”的机会并不多。好在参加社区举办的秋祭庙会活动的时候，往往能吃到当场免费派发的当地产梨子。梨子果汁多，与其说是食物，倒不如说是饮料，而且是限定季节的。对我来说，“多摩川梨”的味道会唤起孩子们还小的时候，手牵手带他们去参加秋祭活动的记忆。

每个季节都有的限定版——炊込饭

对我来说，每年秋天煮一次栗子饭，跟每年春天煮一次竹笋饭一样，是能做就做，使家人高兴，不能做就自己都有点可惜的年中行事。

松茸饭其实是日本多种“炊込饭”之一。

这种饭类似于中国台湾的油饭，也类似于香港的煲仔饭。可是，跟油饭不同，日本炊込饭用的是粳米而不是糯米。也跟煲仔饭不同，做炊込饭，要把切小的材料和调味料跟白米混合后加热。日本另有一种“釜饭”则在做法上跟煲仔饭相似；尤其在铁路信越线横川站卖的驿站便当“峠の釜饭”多年来闻名全日本。

日式“炊込饭”独特之处在于每个季节有加入应时材料的限时版本。比方说，春天的竹笋饭、豌豆饭、蚕豆饭，夏天的玉米饭、毛豆饭、茗荷饭、嫩姜饭，秋天的栗子饭、蘑菇饭，冬天的蚵仔饭等。其中做起来最费事，可也最受欢迎的，非栗子饭莫属。

栗子的季节很短，只有秋天几个星期而已。炊煮栗子饭，先在温水中把栗子泡过片刻，然后拿起菜刀把外壳和内皮一个一个地去除干净。这个过程至少需要半天。所以，做栗子饭当晚餐吃，说成是一整天的体力劳动并不夸张。

包括栗子饭在内，多半的炊込饭都只用昆布、盐、清酒来调味。豆类饭、茗荷饭、嫩姜饭等均属于这一类。另一些如竹笋饭、蘑菇饭、蚵仔饭等，则用酱油来调味，有时也倒入一点味淋来加点甜味。

也有一种“茶饭”，在东京往往配上黑轮关东煮来吃，其实与茶叶沾不上边，实为用酱油来加色加味的米饭而已。相反地，大阪人所说的“酱油饭”，远不只是加了酱油的米饭，内含鸡肉、油豆腐、干香菇、胡萝卜、牛蒡等多种材料，而且分量不少。我第一次看婆婆做“酱油饭”，把切小的材料在案板上堆得高高的，免不了受点文化震撼。

大阪的“酱油饭”也叫做“加药饭”，翻成东京话便是“五目饭”了。日本菜的“五目”相当于中餐的“八宝”，也就是什锦、全家福的意思。

有一次在台北逛迪化街，看到了永乐市场外排队的人龙，果然是要买油饭的。日本人煮糯米吃，最多是煮红豆饭来庆祝什么。市场上偶尔也看到卖糯米饭的摊商；商品种类除了含红豆的“赤饭”外，还经常有“山菜强饭”，乃含有蕨菜等野菜的。日语中，把用糯米蒸的叫做“强饭”，乃粳米“姬饭”的反义词。在这儿，“强”字意味着“硬”或“老”，跟“姬”字所指的“软”或“嫩”成对比。

对我来说，每年秋天煮一次栗子饭，跟每年春天煮一次竹笋饭一样，是能做就做，使家人高兴，不能做就自己都有点可惜的年中行事。花一整天煮栗子饭嘛，先要找时间，然后要找高质量的栗子。反正一年里只有一次，花时间去做的栗子饭，希望做得好吃，叫大家吃得开心。

秋茄子不给儿媳妇吃

秋茄子不给儿媳妇吃？这到底是什么意思？日本电视台，
十年如一日地拿这一句来做综艺节目的一个哏。

去旅游逛市场很有意思。尤其在气候跟本国不一样的外国，看看当地产的蔬果加倍有意思。中国的台湾因为处于亚热带、热带，很多蔬果长得比在日本大。例如，西瓜、黄瓜、四季豆……都比日本的既大又长。我们看到台湾茄子时，就因其长度夸张而吃一惊。

在日本，茄子一般认为是夏天的蔬菜。酷热的暑假里，中午在家中煮冷素面吃的时候，若有茄子天妇罗陪伴，那就很高级了。或准备晚饭时，从家中糠渍桶拿出腌过的茄子来，用水洗一下，然后切成小块吃，不亦乐乎。但是，也有人说，其实秋天的茄子水分多，比夏天的茄子更加美味，因而有俗语说：秋茄子不给儿媳妇吃。

秋茄子不给儿媳妇吃？这到底是什么意思？日本电视台，十年如一日地拿这一句来做综艺节目的一个哏。

有人说，秋茄子太好吃了，所以狠心的婆婆绝不给可恨的儿媳妇尝一口。

也有人说，茄子性凉，多吃会导致不孕。抑或说，茄子没种子，代表不孕，不适宜年轻夫妇吃。

总之，一听就充满厌女思想的味道。我们不必理会，尽情吃美味的茄子就好。

相见恨晚的感觉
——鲑鱼三吃

虽然市场上一年四季都看得到鲑鱼，真正新鲜的日本国产鲑鱼是只有秋天才能吃到的，因而有“秋鲑”的别名。

今年日本真没有秋刀鱼可吃，据报导东北地区的渔民出海都钓不到。没有就没有，虽然颇为可惜。

这些年鱼店卖的海鲜比从前新鲜很多；以前非得加热吃的不少鱼类如今能够生吃了，秋刀鱼也属于此列。不过，讲到刺身的味道，能跟秋刀鱼比的倒不在少数。秋刀鱼最好吃的做法还是非盐烧（烤）莫属。

我小时候的日本家庭，每周几次吃烤鱼，其中吃得最多的是盐干沙丁鱼，乃当年物流未发达，获得新鲜鱼类不容易所致。把盐干沙丁鱼在厨房瓦斯炉上头烤起来，会冒出一整屋子的烟雾来。等沙丁鱼烤熟了，全体都焦黑，吃起来既苦又咸，叫人怕透了。所以，我这一代的日本人如今在鱼店看到盐干沙丁鱼（较大的“丸干”或较小的“目刺”）都敬而远之，绝不会怀念它。

即使当年，秋刀鱼也总是烤新鲜的吃，而一般都不做成风干咸鱼。果然，味道质感都高人一等。日本的传统说书“落语”有个著名作品叫《目黑的秋刀鱼》；故事里，德川将军在江户郊区目黑的森林中狩猎，被当地农民招待，平生第一次吃到了盐烤秋刀鱼以后念念不忘。鉴于这一则典故，东京目黑区每年都举行秋刀鱼节，免费招待路人吃盐烤秋刀鱼。可是，今年得不到产地直送的新鲜秋刀鱼，无法举办跟往年一样的活动了。

没有秋刀鱼，还好有鲑鱼。

虽然市场上一年四季都看得到鲑鱼，真正新鲜的日本国产鲑鱼是只有秋天才能吃到的，因而有“秋鲑”的别名。日本人仍然把国产而加热吃的“鲑鱼”和进口而生吃的“三文鱼”分别看待。我这里谈的鲑鱼是专门加热吃的一方。

鲑鱼在西方有崇高的地位。餐厅里跟牛排一样煎起来供应并收高价的鱼类，只有鲑鱼。回日本后，每年到秋天，在鱼店里看到了“秋鲑”，我首先想到的吃法，也是用奶油煎。问题是日本鱼店卖的鱼块，一般是七十到八十克一份，做成 salmon steak 稍嫌太小。

看到了这个大小的鲑鱼，求其次的做法是“铝箔包”。这该是日本最有名的鲑鱼生产地北海道的当地菜吧。把铝箔纸叠成小盒子，底下先铺洋葱片、杏鲍菇片、胡萝卜片等蔬菜，然后放鲑鱼块，上面再搁一汤匙清酒和几滴酱油，封好铝箔盒，在两百度的烤箱里加热十五分钟即可。上桌后，大家自己打开铝箔盒，从里面冒出蒸汽和香味来，算是具备活动性的乐趣了。

吃过了“铝箔包”以后，下一次买到鲑鱼，就要做“酱酱烧”了。这又是一道北海道菜。几年前，我在东京两国相扑馆附近的札幌啤酒餐厅吃到，觉得蛮不错，后来几乎每年到了秋天便做一次“酱酱烧”吃。

做“酱酱烧”首先要准备酱，乃一百克的白味噌加上六十毫升的清酒和一大匙的砂糖，在小锅里煮个片刻就好。然后把鲑鱼切成小块，用盐和胡椒腌一腌。同时，把高丽菜、胡萝卜、洋葱都切小，把豆芽菜洗干净后去水。

吃“酱酱烧”，最好在饭桌上边做边吃。等平底锅热了，先用油从带皮的一面开始煎一下鲑鱼片，然后加入蔬菜，等各材料都变软了，再搁味噌酱和一块奶油，盖锅盖用小火焖两三分钟就好了。这道菜虽然很简单，但是吃起来颇为美味，既下饭又下酒，叫人有相见恨晚的感觉。

先吃一次再说吧
——新宿中村屋的印度咖喱

在日本吃咖喱，一般就附上一种泡菜：福神渍。有多达六种配料而且还包括芝士在内，以前吃的时候开心，这次再吃却觉得蛮好玩。

连续两周去新宿看台湾老电影（陈玉勋导演的《热带鱼》和《爱情来了》），想到顺路去吃中村屋的印度咖喱。

一九〇一年开张的中村屋，据说是奶油面包、中华馒头、罗宋汤等外国风味在日本的发祥地。这是因为创业老板相马爱藏和黑光夫妇，是思想开通的文化爱好者。否则，他们也不会把千金嫁给印度的革命家，并且开始出售女婿家乡的味道——印度式鸡块咖喱饭。

我从中学时代起，去过这家餐厅好多次。尤其出国漂泊后，偶尔回到日本来，因为对新开的店不熟悉，就跟朋友约在新宿纪伊国屋书店手扶电梯下见面，然后去斜对面的中村屋吃饭聊聊。

然而，前些时，中村屋大楼改建，竣工后把一楼、二楼都租给了美国名牌皮包店 Coach。原先在一楼的咖啡厅搬到了地下一层，供应咖喱饭的餐厅则去了地下二楼。如今的日本，在市区黄金地段拥有地皮的老店，把楼宇租出去赚的钱比自己经营餐馆所得来得多。中村屋把出售咖喱面包的小卖部以及供应咖喱饭的餐厅保留下来，恐怕与其说是为了赚钱，倒不如说是对于老顾客的一种交代；毕竟，日本老一辈中还有不少人跟我一样，到了新宿一定要光顾中村屋的。要是找不到老地标，阿公阿嬷就太可怜了。

其实，中村屋跟一些老字号一样，早已成为二十世纪东京神话的一部分。所以，二〇一九年春夏季播放的日本NHK晨间剧《夏空》里，志愿做动漫画家的年轻女主角小夏，从北海道到东京来求学的时期，先住在新宿一家著名面包店里半工半读；很多人看了就会猜想到：这家川村屋应该是现实中的中村屋吧，神秘的女主人光子（こうこ）则应该是相马黑光（こっこう）其人了，对不对？

也听说已故日本诗人寺山修司，在日本版《花花公子》杂志开人生咨询专栏的时候，有一个年轻读者诉说人生太苦想要自杀；寺山的答复则是：你没吃过新宿中村屋的印度咖喱吧，先吃一次再说。

相隔多年吃的印度咖喱，还跟从前一样呈姜黄色，味道则偏酸，酱汁里的鸡块是带骨头的（在日本少见），最重要的是仍旧附上六种配料：两种印度式香辣酱，以及酸洋葱、酸黄瓜、酸薤、粉末芝士。在日本吃咖喱，一般就附上一种泡菜：福神渍。有多达六种配料而且还包括芝士在内，以前吃的时候开心，这次再吃却觉得蛮好玩。

我们是刚开门不久的十一点多进去的，当时已经有不少顾客在座。当我们十二点前出来时，门外已经有十来个顾客等着要进去用餐。他们几乎都是年纪比我大的老一辈日本人。年轻一代不会特地找地下二楼的餐厅吃咖喱饭吧，更何况是外国游客？

歌舞伎座的松茸饭

松茸之于日本中产阶级家庭，与其说是食物，倒不如说是回忆或者一则故事。

每年九月的第二个星期天，我都要去东京东银座的歌舞伎座，看一场长达四个半小时的晚间节目。这是因为我任教的大学职工组织，用会员缴交的会费，一年一次举办集体鉴赏歌舞伎的活动所致。

我们所缴的会费，本来是当会员家族发生红白事之际，要当礼金或奠仪用的。由于每年都有足够余额，干脆包下歌舞伎座来，大家一起看看戏，我觉得是蛮不错的主意。歌舞伎座的门票不便宜，要坐一楼、二楼的话，一张一万四千到两万日圆，再加上幕间休息时吃的便当费，差不多可以去温泉旅馆一泊二食了。加上日本传统的歌舞伎虽说不难看，可跟世界一流的戏剧、音乐会相比的话，能胜利的概率也不那么高。从每个月的薪水基本上强制扣掉的会费，用来买大打折扣的团体票，而且还可以带着家人、朋友一起去，一年一次上富丽堂皇的歌舞伎座，感觉是不差的。

我家孩子们从小有机会看歌舞伎，就是因为有大学职工会的活动。当初他们还小，我担心吵闹起来打搅别人可怎么办。还好，有三楼最便宜的座位，默认留给带小孩子的会员。几年过去，小孩子一年比一年大，也逐渐理解歌舞伎是什么东西，歌舞伎座又是什么地方。忘了是从哪年起，我开始跟大家一起参加抽签，有时坐在一楼，有时坐在二楼，总之离舞台较近的地方。

歌舞伎的节目，大多早在江户时代完成，现在来说是古装戏了。台词也多像文言文；大多当代人听也听不懂。于是观众中，多数人包括我在内都借用耳机，边听解说边看舞台。有趣的是，还不大懂事的小孩子，有了耳机的帮助，对戏剧内容的理解程度就不逊于大人了。再说，幕间吃的歌舞伎便当，对孩子们也有莫大的吸引力。

歌舞伎便当，其实是日本最标准的“幕之内便当”（剧场便当＝综合便当），只是等级高人一等。一打开就有：照烧鸡肉、牛肉团子、白煮虾、炸鱼块、鱼卵拌鱿鱼、蟹肉天妇罗、烧鸡蛋、羊栖菜、茄子、芋头、豆干、西兰花、胡萝卜、白豆粉皮麻糬。陪伴多种菜肴的主食，又是秋天的美味大王——松茸饭。

松茸在日本人伙食生活中的地位，其实蛮像日本人余暇生活中的歌舞伎：人人皆知、等次很高、高不可攀。毕竟在菜市场，一篮只有两三朵一百克左右的松茸，若是国产的就会贵到一万多日圆；即使是从加拿大、中国进口，植物分类上属于同一种，闻一闻香味，确实有所相像，但看样子就是不大一样的货色，也卖几千日圆，比和牛排、国产鳗鱼、鲔鱼肚子肉都还要贵。

所以，松茸之于日本中产阶级家庭，与其说是食物，倒不如说是回忆或者一则故事。虽然不一定每年都上家里的饭桌，但是人人都有记忆。哪一年心情好就买过一篮，顺便也买了专门用来做“松茸土瓶蒸”的陶器，里面除了松茸片以外，还放了虾呀、银杏呀、星鳗呀，味道当然蛮不错，毕竟一盅汤的费用比和牛排还要贵。

我小时候常在家里用来做汤泡饭的“永谷园御茶渍之素”，长年都附上一包“松茸味清汤素”。当时的我还没吃过真正的松茸，只是偶尔喝着用开水溶化的“清汤”，想象真正的松茸到底是什么样的味道。稍微长大后，看报纸杂志刊登的菜谱，有些烹调老师建议：炊煮松茸饭的时候，除了松茸片以外，不妨也放“永谷园的松茸味清汤素”以加强松茸的香味。每次看到，我都觉得这样子太扫兴了，倒不如干脆用清汤素煮饭继续想象真货的香味和味道。

歌舞伎便当里的主食，因为我们每年都九月去看戏，所以每年都一定有应时的松茸饭。淡褐色的米饭上躺着的松茸片，吃起来像真的，不仅香味还有口感都跟其他菌类不一样。至于炊煮米饭时有没有加什么素，我觉得不必去探讨。毕竟，松茸早就是一则故事。

10

十月

寒露／霜降

演技派的配角演员
——“木の子”

这些蘑菇一方面有独特的香味和口感，也会饱肚子，另一方面性质随和，放在什么样的环境里都相当融洽，好比是演技派的配角演员。

你知道蘑菇的日语叫什么吗？答案是“木の子”，显然是长在树皮上所致，取名逻辑跟“木耳”颇相似。

曾有一位日本籍的俄罗斯语老师告诉我：某一年在秋季里，接待过从俄罗斯来东京的旅游团，团员们纷纷私下问他，附近有没有能摘蘑菇的山林。

日本老师回答说：本人寡闻不知道。

众俄罗斯人说：显然在日本，蘑菇的产地也属于秘密，你既然不想说，我们也不会强迫你的，请放心。

原来，俄罗斯人对蘑菇的执着，竟然到如此疯狂的程度。

在日本，只有住在乡下，一代一代继承自家山林的少数人，才对松茸等高价值蘑菇的产地有所掌握。城里人一般不知道哪里长蘑菇，如何摘蘑菇，只懂得吃超商、八百屋（蔬果店）出售的香菇、小蘑、金针菇等。近年日本也颇流行杏鲍菇了。

日本都市人也不懂得分别能吃的蘑菇和有毒的蘑菇。于是，每年秋天都传来消息说：有人到山区乱摘蘑菇自行吃，结果中毒给送到医院去了。根据日本中毒学会的统计：每年日本全国有报告的蘑菇中毒者人数，大约两百人；每年平均有一名日本人因病情严重而丧命。

传统上，日本人最常吃到蘑菇的场合，大概是打边炉（吃火锅）的时候。无论是在福冈式的“鸡肉水炊锅”里，还是在大阪风味的“乌龙寿喜锅”里，抑或在东京人瞎做的“寄锅”里，甚至在北海道料理“酱酱烧”里，都会出现一大把香菇、小蘑、金针菇。这些蘑菇一方面有独特的香味和口感，也会饱肚子，另一方面性质随和，放在什么样的环境里都相当融洽，好比是演技派的配角演员。唯有舞茸的个性相当突出或说孤僻，单独料理成天妇罗或者味噌汤比较合适。据说，舞茸这个名字的来源是：因为特别好吃，所以在山中找到的人，高兴得跳起舞来所致。

前面写了蘑菇的日语名称“木之子”取名逻辑跟“木耳”属一类；稍微奇怪的是“木耳”用日文果然叫做“木水母”（きくらげ＝木海蜇）。它的质感确实有点像海蜇没有错，可是，在阴森森的山林中之湿漉漉的树皮上，幻视出海蜇水母来，还是可以说想象力特别丰富吧。或者应该说是不愧为爱死海鲜的日本人吗？

光想就温暖的场面
——温州蜜柑、萨摩橘子

日本人从公元十六世纪直到今天，都把这种水果统称为“温州蜜柑”，而“温州”两个字指的不外是中国浙江省温州市。

一般日本人的印象中，蜜柑是冬天的水果。在寒冷的日子里，几乎全身都躲进“炬燵”（こたつ）被炉里去，看着电视，边剥皮边吃一颗又一颗蜜柑：这是日本人光想象都觉得心里温暖的场面。

实际上，蜜柑的季节很长。叫做“极早生蜜柑”的一批，中秋九月底就开始上市，进入了十月就相当常见了。然后，跨过深秋、严冬，最晚的一批在春天来临之前仍摆在水果摊子上。

日本人所说的蜜柑，差不多等于中文的橘子。不同于美国进口的橙子，无论是大的还是小的，都不需要用刀子切开，能够用手剥皮后直接放入嘴里吃；味道方面则有适度的酸味，跟甜甜蜜蜜的橙子明显不一样。

有趣的是，日本人从公元十六世纪直到今天，都把这种水果统称为“温州蜜柑”（Citrus unshiu），而“温州”两个字指的不外是中国浙江省温州市。公元十六世纪是中国的明末、日本的战国时代、世界史上的大航海时代。东亚海面上，一方面有从葡萄牙、西班牙来的船只，另一方面有中国和日本的船只。总的来说，跨越东海的国际贸易很发达，温州港出货的蜜柑在当年是区域著名的奢侈品。

后来，从公元十七到十九世纪的江户时代，日本九州、纪州（现和歌山县）等地也开始种植蜜柑了。明治维新之后，爱媛县、静冈县也以生产出高质量的蜜柑而闻名全国。日本人普遍爱吃蜜柑，曾经很长时间，蜜柑是全日本消费量最多的水果（目前是香蕉、苹果之后的第三名）。

如今日本人吃的蜜柑都是日本国产，几乎没有进口的。可是，无论在瓜果市场上还是在植物学分类上，日本蜜柑的正式名称还都是“温州蜜柑”。个中进一步细分为极早生、早生、中生、晚生四种，乃栽培所需时间的长短导致上市时间的早晚。

九月、十月上市的极早生蜜柑，小得像个高尔夫球，皮上还稍留有绿色的部分，吃起来酸味压倒甜味。十一月上市的早生蜜柑，则外皮呈橙色，内皮很薄，吃起来够甜而充满着新鲜的果汁。十二月上市的中生蜜柑就相当大了，而且呈扁球形，皮色浓厚，味道偏甜。新年里上市的晚生蜜柑以“青岛温州”种为主，外皮和内皮都比较厚，先保存一个月后出售的结果，吃起来味道浓厚讨人喜欢。

“青岛温州”跟山东青岛无关。它是一九三五年在日本静冈县被发现的新品种；乃之前种植的“尾张温州蜜柑”

突然变异而成。这种蜜柑的糖度高，特受消费者欢迎，所以从当地果园主青岛平十的姓氏取名为“青岛温州蜜柑”，开始大量生产。今天，静冈县的蜜柑生产总量是全日本第三名，“青岛温州”的贡献显然相当大。

我曾住在加拿大多伦多的时候，每年到了圣诞节前夕，水果摊子上就出现小型木头箱子装的“SAKURA”牌橘子。里面的橘子既小又甜，浓厚的橙色喜气洋洋，各方面都适合过节时亲朋好友团聚在一起的欢乐气氛。加拿大人把橘子叫做“mandarin orange”，原意该是清朝官员（满大人）。中国是橘子的原产地，西方人把橘子称为“mandarin”并不奇怪。不过，在多伦多大受欢迎的“SAKURA”牌橘子，虽然用的是日语名字（樱花），实际上是西班牙产的。再说，追究一下其在植物学上的分类，果然属于“Satsuma orange”。

“Satsuma”是日本九州鹿儿岛县的旧名“萨摩”之英文标记。这类橘子的名称，据说可追溯到公元十九世纪七十年代，一名驻日的美国外交官去九州旅行时发现了果实特别甜蜜的一种柑橘类，把一根苗木带回他太太的故乡美国佛罗里达州去，以图易地栽培。有趣的是，今天在美国南部的佛罗里达州、亚拉巴马州、得克萨斯州以及路易斯安那州，都有叫“Satsuma”的小镇，相信都是种植过“萨摩”橘子的缘故。

感谢烹饪之神
——秋天吃寒鰆

以前东京的鱼店不太经售鰆鱼，最近倒逐渐开始流通了。我当初看到的是较小的“狭腰”，然后够有分量的“狭腹”也上市了。

日本人所说的鰆，好像是中国台湾人所说的䱜魠鱼。正式名称是蓝点马鲛，乃皮上有很多蓝点的缘故。鰆用日语念成“さわら”，据说本意为“狭腹”，因为这种鱼的身材普遍瘦长苗条。

我跟关西人结婚以后才得知，这是一种随着成长名称变化的“出世鱼”：身长五十厘米以下的叫做“さごし”，本意为“狭腰”。身长超过六十厘米，才称为“さわら”（狭腹）的。

当时，我们每年元旦都到关西婆家拜年，饭桌上一定摆着婆婆准备的醋腌“狭腰”。那是一种刺身，把小型鰆鱼的肉，先用盐腌一下，然后用白醋腌过片刻。吃起来有点像醋腌鲭鱼，但是鱼肉呈白色，不肥，却相当嫩。我在东京至今没吃过醋腌“狭腰”，其实连对“狭腰”这个名称，东京人都感觉很陌生。

相比之下，它长大升级后的名称“狭腹”，可以说很是耳熟；最常听到的菜式便是“狭腹西京渍”。“西京渍”是把各种食材埋在西京味噌中一两天后，拿出来烧烤的料理法。西京味噌名正言顺是京都人吃的白色味噌，价钱比东京的红色味噌贵很多。搞不好调味料的价钱会贵过食材。但是，用它来腌的鱼肉，烧烤起来特别香。我自己只在怀石料理的套餐中，或者相对高级的便当中，吃过一小块“狭腹西京渍”而已。不过，每次吃都觉得特别好吃。

以前东京的鱼店不太经售鰆鱼，最近倒逐渐开始流通了。我当初看到的是较小的“狭腰”，然后够有分量的“狭腹”也上市了。看看书房墙上的挂历，现时为秋天。叫鰆鱼的鱼类，不是春天才应时吗？我调查一下才知道，原来这是一种洄游鱼，不同的季节出现于不同的海域。古代作为日本中心的关西地区，春天捕到很多鰆鱼，因而在它的日语名称中有了春天的春字；相比之下，往东五六百公里的东京等关东地区，吃到的是冬天捕上的“寒鰆”。

日本人吃鰆鱼，除了做成刺身以外，似乎大多做成西京渍或盐烤。我看中它的肉质白嫩而且价钱平民化（应该是在东京不大有名气的缘故），决定做成港式蒸鱼吃，顺便也买一把香菜回家。

在蒸笼里加热好的鰆鱼块，搁了点葱丝和香菜段，最后把滚热的油倒在上边。把每人一盘蒸鱼端上桌，大家异口同声地喊出来：很好吃！我心中觉得：曾经年轻的时候待在中国香港孤军奋斗的日子，果然没有白过。是的，亲爱的读者朋友，人生没有白过的日子。每天三顿饭吃得认真，美味的记忆会长年留在脑海中，有一天想到自己动手做，结果真会做得出来呢。感谢烹饪之神！

不一样就是不一样
——砂锅狮子头

其实，吃砂锅狮子头的乐趣，超过一半都在于吃吸收了肉味的白菜片吧。

十月中旬，日本刮的风开始有秋意，我就把砂锅从柜子里拿出来要煮今年头一次的红烧狮子头了。

狮子头这个有趣名称的菜肴，我最初应该是在台南人邱永汉写的美食散文集《食在广州》里或者在日本小说家檀一雄的《男子汉的家常菜》里看到的。我小时候的日本人还主要吃鱼吃蔬菜而不大吃肉的，所以在介绍中餐的书本里看到跟大人拳头一般大的猪肉丸子，所留下的印象特别深刻，后来很多年都很向往。

幸亏自己出社会成家以后，虽说从未赚过很多钱，可是买几百克猪绞肉做大丸子的财力却始终都有。当初用中型砂锅煮跟老公两个人吃的狮子头，后来两个小孩子都吃大人份的饭菜了，非得动用大型砂锅，放入四个大肉丸子与一整颗的大白菜。

红烧狮子头应该是江浙菜吧，我似乎只在上海馆子里看过。从前住香港的日子里，我每周一次去地铁太子站附近的乐器店学弹琵琶。上课以前在楼下的果汁吧喝一杯甜瓜汁，下课以后就到邻近的上海馆子去点小笼包和砂锅狮子头吃，算是给自己的奖励。

后来回日本定居，很难找到道地的上海菜馆，于是开始自己边看食谱边动手做红烧狮子头。用猪绞肉做的大丸子，跟西式汉堡肉饼相似，可是陪伴它的大白菜则充满独特的东方风味。

其实，吃砂锅狮子头的乐趣，超过一半都在于吃吸收了肉味的白菜片吧。虽然日本料理中的火锅也大多用大白菜，可是日本人不懂得先把它在烧肉丸渗出来的猪油里炒到稍有焦味。然后，在香喷喷的白菜片上倒点水，盖上锅盖焖煮片刻。这样做呢，后来在砂锅里慢慢炖煮的肉丸子和大白菜不仅不会干燥，而且会湿润水汪汪的。可见吃砂锅狮子头，能享受到三种美味：肉丸子之美味、炒白菜的美味、汤汁的美味。难怪我家大小吃狮子头的时候，一定要有一人一小碗白米饭在旁边等候着，为的不外是叫它一滴不漏地吸收掉无比美味的汤汁。

前些时，我看了詹宏志先生的夫人王宣一女士撰写的《国宴与家宴》一书，发现所收录的红烧狮子头食谱，果然为了升级汤汁的美味，要放入虾米等秘密武器的。跟西餐相比，中餐厉害之处有好几点，干货的用法绝对是其中之一。后来我在家做红烧狮子头，一定要放入一把虾米了，也非得是从台北迪化街买回来的纯正台湾货不可。跟日本超商出售的货色相比呢，我说不一样就是不一样。

小家庭的幸福
——鸡水炊

果然投入了一公斤带骨鸡块，熬煮了三四个小时的“鸡水炊”显得够气派了。

刮了几次大台风后，东京气温终于开始下降，十月中旬出外走走，竟然感觉很冷了。回到家打开门，从厨房里就飘来香味；我边脱着鞋边向厨房里的老公喊：你熬了鸡汤，真棒！

天气变冷后，我第一个要吃的是砂锅狮子头，老公则要做“鸡水炊”。这是一种火锅，乃带骨头的鸡块熬出来的汤里放入白菜、蘑菇、豆腐等，煮熟了蘸橙醋酱油吃。据说源自九州博多：明治初年有一个博多人去香港学烹调，回国后应用中餐熬鸡汤的方法来推出新式火锅，很受欢迎，后来逐渐普及到日本全国去了。

日本的火锅大多用柴鱼、昆布、小沙丁做汤底，从来没有熬煮带骨鸡块的做法。花上三四个钟头熬出来的奶白鸡汤味道鲜美，以致“鸡水炊”专卖店的日本厨师，首先将不加调味料的纯鸡汤装在小杯里请客人尝尝。

用浓厚的鸡汤做底吃火锅，结果一定错不了。反而奇怪的是大多日本人直到今天都不懂得用鸡猪牛骨熬出汤来喝。

我有一次在从东京飞往香港的飞机上，被邻座的香港先生问道：你们日本菜是不是只有一种汤？他指的是味噌汤。人家来日本出差几天，早餐和晚餐都喝了味噌汤而产生疑问。我回答说：味噌汤有好几种，例如豆腐味噌汤、裙带菜味噌汤、什锦味噌汤，再说味噌也有红味噌、白味噌等不同种类。只是由香港人看来，那些都是味噌汤。也不能怪他，恐怕在全世界，最讲究汤水的大概就是香港人。那里的双薪家庭非得请外籍用人的原因，不外是天天需要花两三个钟头煲汤喝。港式汤水里除了鸡猪牛骨头外，还要放中药材；但是煲汤最关键的就在于花时间慢慢熬。

相比之下，日本菜的汤底都用柴鱼、昆布、小沙丁等快速出味道的干货，加了蔬菜豆腐等后煮个片刻就完成；至于味噌，最后熄火后才溶化进去，连煮都不用煮，千万不可以使之沸腾而失去香味。换个角度来看，味噌汤称得上是传统的快餐；要餐餐吃都不大费事，只是味道变化小，而且缺乏肉类带来的热量和劲儿。

我估计在世界各地，一到寒冷的冬天，大家就熬起汤来喝热的保暖身体。偏偏在远东岛国，居民未能开发出用肉骨熬出汤来的技术。我记得小时候的冬天，父亲日复一日吃“汤豆腐”（ゆどうふ），是昆布汤底里边煮豆腐边吃的一种火锅。有时根本没有配菜，有时只有白菜大葱，最豪华的版本是投入了鱼块的“鳕散”，总之始终没有肉类。

这些年，在东京流行的新式火锅，很多都来自九州，例如“鸡水炊”，又如“物锅”（もつなべ）。前者含鸡块，后者含猪小肠，跟父亲当年吃的“汤豆腐”相比豪华多了。外国闻名的日本菜如和牛“寿喜烧”“涮涮锅”其实是一年吃一两次的大菜。近来走红的“豆浆锅”和“韩国泡菜锅”，前者的汤底白，后者的汤底红，看起来悦目。不过，仔细研究一下食谱，都说四人份用两百克肉类或者两块鳕鱼肉就差不多。

果然投入了一公斤带骨鸡块，熬煮了三四个小时的“鸡水炊”显得够气派了。吃完了热呼呼的鸡肉、蔬菜、豆腐，最后放入拉面来画龙点睛，前额冒出汗水来，感觉到小家庭的幸福，不亦乐乎！

11

十一月

立冬／小雪

关东煮出来了

这些年，在东京街头很少看到由老板拉来的关东煮摊子车了。反之，每年有大半年时间，便利商店的收款机旁边有卖各种关东煮。

儿子上大学以后，在家吃晚饭的次数越来越少。也并不是坏事吧；都过了二十岁，父母能教的事情已不多，得在外头跟别人家学学人生奥秘了。话是这么说，家里晚上要吃火锅什么的，还是觉得最好等到大家齐聚的时候。于是本来周三要吃的今年头一次关东煮，等到儿子不外出的周六才吃到了。

因为小时候家里经常吃关东煮，从来没有以为它是什么佳肴。读高中的时候，有一次无法拒绝外面移动摊子散发出来的香味，跟同学一起钻过布帘，在长板凳坐下来吃了一两个鱼饼；结果价钱超乎我们的想象好几倍，给吓坏了。现在回想，关东煮摊子是主要接待喝酒人士，收费标准不会太低的。再说，我们不小心闯入的那摊子，还是在高级商业区东京原宿的黄金地段表参道做生意的，根本不是小孩子可以装大人进去的地方。

后来长大独立，自己去超市要掏腰包采购关东煮材料的时候，发觉一锅关东煮的成本会跟一锅炖牛肉的费用差不多高。那是日本泡沫经济时代，纪文食品公司把原先属于庶民阶级的鱼饼等重新包装起来，并在电视上大打广告，以高价推出。那么一来，一个鱼饼会卖得跟一个和果子一样贵，整锅的费用则很不俗了。

这些年，在东京街头很少看到由老板拉来的关东煮摊子车了。反之，每年有大半年时间，便利商店的收款机旁边有卖各种关东煮。平均一个卖一百日圆，买一两个并不觉得很贵。可是，如果要当晚饭主菜的话，一个人至少要吃六七个吧；成长期的青少年要乘以几，再说一家几口子乘以几后，感觉还是不便宜了。

不如自己挽起袖子来煮一下。于是选择自己不用出去的一天，早上就在大砂锅中开始泡昆布。过些时候，把变软的昆布拿出来做成蝴蝶结，再放回锅里开小火煮，顺便把切成三角形的蒟蒻也投进去。同时用另一火炉上的双重锅，下面煮鸡蛋，上面蒸萝卜。十五分钟后，剥过壳的鸡蛋和蒸熟的萝卜都可以进砂锅了，用味淋和淡色酱油给清汤加加味。接着，从冰箱拿出超商买来的油炸鱼饼（即台湾朋友们说的“甜不辣”，东京人称之为“萨摩扬”）类，先过一下热水去掉油分后，也放入砂锅。熬关东煮，一直用极小火就行，不要让水沸腾导致鱼饼煮烂。

在我家，牛筋串和沙丁丸是我亲手做的。牛筋要在压力锅里煮上半个钟头，变凉后拿出来用扦子穿成串。沙丁丸则把鱼浆调味后加淀粉混匀，弄成小丸子在清水里匆匆煮熟。

晚饭时间快到了。再把牛筋串、沙丁丸、装了年糕块的炸豆腐袋子放入砂锅里，火候要转大一点，快要沸腾的时候熄火。然后，煞有介事地喊一声：关东煮出来了！

鳕鱼白的诱惑

无论是鮟肝、鲑鱼子还是白子，在餐厅吃，收费会很贵，但若从鱼店买来原料自己动手做的话，成本会低得叫外国美食家愣住。

最近去一家位于新宿站东南口的寿司店吃午餐，在寿司吧台前座的外国游客相当多。其中有欧美人，也有来自陆港台的华人。虽然大多外国人都能说两句日语，店方也雇用会讲些英语、汉语的服务员。当一些外国客人吃完饭离开以后，我偶然间听到，两个日籍工作人员闲着相问："白子"用英语怎么说呢？

日语"白子"指的是鳕鱼的精子。从鱼腹挖出来后，在开水里烫一下，在冰水里急剧冷却，就可以当刺身或做成寿司吃了。其口感像豆腐，却有浓厚的滋味，堪称东方海产芝士，爱喝清酒的日本人就百分之百都喜欢。爱吃寿司的外国人也十之八九会觉得好吃吧。但是，如何去说明这白白的泡泡，原来是鳕鱼的精子？这不是语言问题，而是文化问题吧。

吃素的日本人不多，我们平时也并不觉得吃荤是罪恶。可是想想在日本菜当中，能跟世界级美食相比的，就是鮟鱇鱼的肝、鲑鱼子、鳕鱼白之类，还是嘴里不由得喃喃起来：罪过、罪过。

再说，无论是鮟肝、鲑鱼子还是白子，在餐厅吃，收费会很贵，但若从鱼店买来原料自己动手做的话，成本会低得叫外国美食家愣住。我去东京西郊立川火车站北口地下一层名叫鱼力的店铺采购，一整腹的鲑鱼子不到两千日圆，至于鮟肝和白子，都是两百五十克一包才卖五百九十日圆。我跟你讲吧，两百五十克的鮟肝或白子，是足够四五个人当冷盘吃的。做法也不难：鮟肝要先泡在盐酒里，然后隔水蒸上二十分钟；白子只需要烫一下而已。

尽管如此不贵也不难做，但是从鱼店买来鮟肝、白子，自己做来吃的老饕，在整个日本人口当中占的百分比，我估计不到两位数吧。

你觉得奇怪？知道为什么吗？

那是因为大多数日本家庭的大厨，至今仍是主妇。而在日本主妇中，敢吃鮟肝、白子的，大概不到三分之一吧。日本女性偏食、挑食的程度，远远超乎华人圈。其实啊，性别和偏食、挑食之间有相对关系，也是日本文化造成的特殊情况呢。说穿了，鮟肝、白子等在日本文化语境中，被视为补品之类：男性吃了就能补肾，女性吃了就是潘金莲。所以，多数日本女性一听到鮟肝、白子之类，就皱起眉头说：恶心。而在传统日本文化语境中，这种女性才讨男人喜欢。哎，古老的东方岛国文化是否太熟烂了？

幸亏我家众成员日本文化指数不高。爱吃法国鹅肝酱，就没有理由不敢吃鮟肝、白子了。爱喝法国红酒，哪里有道理不尝尝日本清酒呢？再说，喜欢边喝清酒边吃鮟肝、白子的话，就没有理由不自己动手做醋鮟肝、白子军舰卷享受人生之乐了。

讲回新宿东南口寿司店，虽然地点方便，午餐的性价比也不错，但是工作人员的素质就不怎么高了。彼此相问了“白子用英语怎么说”以后，他们跟着说：“老外是否会说：Oh my God 呢？”他们根本不在乎还有日本客人在座听着呢。罪过，罪过。

秋刀鱼之味

每年秋天有几次，老公搭起铁弓架子来，边撒盐边烧烤秋刀鱼。从厨房里飘来的香味就让我想起姥姥家隔壁的服部家人在巷子里蹲着扇扇子的场面。

在我小时候的日本，烤鱼曾是最有代表性的庶民阶级家常便饭，正如在小津安二郎导演的影片《早安》里，两个小孩的母亲天天给他们吃烤秋刀鱼干而引起不平。

记得东京都葛饰区龟有五丁目，住在我姥姥家隔壁的服部一家人，烤起鱼来就把日本所谓的“七轮”即圆桶形煤球火炉拿到家外面的巷子里，扇着扇子加强火候的同时，也不知有意还是无意，让烤鱼的香味飘往四方去，叫人加倍感到肚子饿。那巷子是没有铺上柏油的泥土路，一下大雨就变得跟沼泽一样。于是中间放着一块又一块大石头，为的是提供得走上沼泽时的放脚处。当泥土干燥，那些石头便翻身为煤球火炉的设置处了。

曾经那么普及的烤鱼，如今却成了不容易吃到的佳肴。一方面有地球暖化带来的海水高温化，使日本渔船的收获量变得很不稳定。就像今年（二〇一九年），进入秋天后有好一段时间，根本钓不到秋刀鱼，甚至东京有些鱼店被迫把早已冷冻的存货解冻摆出来卖。

另一方面有烹调环境的变化。日本城市里早就没有了像服部家那样在家门外用煤球火炉烧菜的家庭。现在每个家庭都有瓦斯炉或者电炉。日本公寓里的厨房，一般有两口或者三口炉子，同时能烧水、熬汤、炒菜，可以说够方便。只是这种炉子很不适合在上面烤鱼吃。为了防火起见，每口炉子具备高温感应器，当温度达到一定水平，就自动把火候调小。可是烤鱼的时候，能够自己调整火候效果才会最好，正如服部家人扇扇子。正要大火的时候，小聪明的智慧炉子自行把火候弄小，真是叫人急死了。你说买没有感应器的炉子不就好了吗？没得卖呢。因为日本的防火条例只准许卖我行我素自以为是的聪明炉子。

那么，日本人要烤鱼吃怎么烤？答案：在一般的情况下，非得用瓦斯炉内藏的烧烤器，乃在炉子下边看起来像抽屉的那一层，拉出来就有放鱼的不锈钢架子以及防止起火的水盆。问题在于这种烧烤器，宽度、长度和高度都不足够。不仅大一点、厚一点的鱼无法收纳，而且长一点的鱼，如秋刀鱼，切成两半才能放进去。但是，秋刀鱼的美在其瘦长的身材，要是切成两半像是行刑一般，不是吗？

尤其今年这样，等了许久以后，才终于见到新鲜秋刀鱼的年份，最好能够享受口福的同时也能够享受眼福，不是吗？

我的公婆都是老饕，谁也不要把秋刀鱼切成两半放入有高温感应功能的烧烤器。老公经研究后发现：专业厨师们烤鱼也不会把鱼肉放在铁丝网上，那样做太容易粘着了，若用筷子或夹子夹坏了，太难堪太难过了吧。那可怎么办？他在网络上发现了有种专业工具，叫铁弓。

铁弓由几根不锈钢条子组成，用来在瓦斯炉上方搭个正方形架子。然后，把穿透了鱼身的铁串挂在上面，在最理想的远火/大火上，慢慢烧烤。这么做的结果，不仅不用把瘦长的秋刀鱼切断，而且被铁串穿透的秋刀鱼看起来像是在空中跳跃。对了，用了铁弓，就没有东西直接碰触位于瓦斯炉正中心的感应器，所以，它就无法我行我素地调整火候。换句话说，调整火候的自由完全归于我们了。多么好！多么自由！

每年秋天有几次，老公搭起铁弓架子来，边撒盐边烧烤秋刀鱼。从厨房里飘来的香味就让我想起姥姥家隔壁的服部家人在巷子里蹲着扇扇子的场面。十几分钟后，老公把烤好的无瑕疵秋刀鱼拿下来放在细长的盘子上，并且配上萝卜泥，多么好看。当开动时，我则把一点酱油和柠檬汁倒在萝卜泥上。然后，用筷子把鱼皮和鱼肉分开，先尝尝鱼肉以后再尝尝鱼皮。跟其他鱼类不同，烧烤过的秋刀鱼连内脏都能吃，而且很好吃的。吃着吃着，我每次都会说出：这样子吃秋刀鱼简直比牛排更好吃了！

老公、孩子们都说："哎，又来了。"他们似乎不相信，但是我自己衷心认为：用铁弓烧烤的秋刀鱼着实比名牌牛排高级。这个滋味怎么说呢？于是我便想起来小津安二郎导演的遗作《秋刀鱼之味》。那部片子里其实并没有出现秋刀鱼，片名中的秋刀鱼完全用来象征什么的。象征什么？果真是家常便饭带来的幸福。

一粒粒跟珍珠一般——鲑鱼子

平时在日本料理中出现的鲑鱼子，偶尔登场于俄罗斯式餐会，并跟洋气充足的酸奶油一起吃，果然别有味道。

秋天在日本是鲑鱼的季节，同时也是鲑鱼子的季节。

我小时候，说到鲑鱼子，几乎都指把母鲑鱼卵巢整个盐腌的“筋子”（すじこ）。大概是大量盐巴去除水分的缘故吧，透明卵巢膜里的鱼卵很小很小，而且互相粘住成极咸的草莓糖那样。吃“筋子”之前，要用刀子切成一片一片，正如切乌鱼子成片。因为直接吃“筋子”嫌太咸，于是一般就咬一点鱼卵塞一口白米饭，或者搁在茶泡饭的顶点位置，总之慢慢享受珍味就是了。

现在大家熟悉的，那一粒一粒跟珍珠一样大小而且和红宝石一般发光的鲑鱼子，日本人借用俄语称之为ikura（いくら）。据说，大正年代（一九一二年到一九二六年），在北海道北方现属于俄罗斯的库页岛上居住的日本人发现：当地俄罗斯人把母鲑鱼卵巢里的鱼卵松开以后，用少量盐腌起来直接食用。就是当年当地，日本人学会了俄国式ikura的做法和叫法。

后来很长时间，对大多数日本人来说，ikura若不是在高级餐厅里享用的佳肴，就是从鱼店买来已加工好而装在塑胶容器里的东西。然后，从一九八〇年代到一九九〇年代，日本的生鲜食品运输程序有了长足的进步。有一天，我们在东京鱼店开始看到，刚刚从母鲑鱼腹部挖出来的新鲜卵巢。

一整个鲑鱼卵巢就卖一千多到两千日圆，虽然不便宜，但是不很贵。鱼店店员说：回家放在温水里洗净，用指头松开，最后泡在调味料即酱油、味淋、清酒里，晚上就可以尝到新鲜美味的ikura了。

整个过程需要半天时间，而且生鲜鲑鱼子的时令并不长，所以每年都只有一次或者最多两次，在家手工做ikura，用小小的调羹一点一点送到嘴里去下酒或者跟白米饭一起享用。

毕竟原先是俄罗斯风味，鲑鱼子不仅适合直接吃或者做成军舰卷寿司吃，而且很适合当俄罗斯料理的小菜。

我家老小都很喜欢吃俄罗斯薄饼，是混合了高筋面粉、焙粉、牛奶、鸡蛋、奶油以及盐和砂糖，在平底锅里一张一张地烙好后，放在盘子上，选择自己喜欢的菜肴，再加酸奶油卷起来吃的。据说，圆圆的薄饼代表春天的太阳，有如中餐的春饼、台湾的润饼，但是卷起来吃的内容很不一样。常见的菜肴有：火腿、芝士、烟熏鲑鱼、盐腌鲱鱼，然后就是ikura鲑鱼子了。平时在日本料理中出现的鲑鱼子，偶尔登场于俄罗斯式餐会，并跟洋气充足的酸奶油一起吃，果然别有味道。

日本人吃俄罗斯菜的历史渊源：一方面有二十世纪前半叶，在库页岛等地发生的民众来往；另一方面也有当年伪满洲国的哈尔滨、大连以及租界时代的上海等地特有的国际化生活环境里，白俄居民无意中传道的西餐洗礼。果然，今日东京仍有一些历史追溯到第二次世界大战以前中国大陆城市的老字号俄罗斯餐馆，如位于新宿的Sungari即松花江。

有趣的是大部分日本人不知道军舰卷上面的鲑鱼子ikura，本来是俄罗斯菜，其名称则是百分之百俄罗斯语的单词。

记忆和姥姥的美味
——柿子

我对已故姥姥的回忆，很多都围绕着当年只能在她那儿吃到的美味。这大概是一件很幸福的事情吧。

柿子是很独特的水果。它成熟以后，不仅果肉越来越软，而且越来越透明，不久变为天然的吉利（果冻），然后又变成美味的液体，最后水分蒸发，只留下皮了。可是，先剥皮后风干的柿子，反而成为有咬头的柿饼。我姥姥生前每年秋天都做柿饼，当新年初二我们去给她拜年的时候，才从吊绳摘下来让我们尝尝。那味道，跟一样是她拿手的水羊羹之味道，过了这么多年都叫我怀念不已。

众水果中，有涩、甜两种的，也似乎只有柿子了吧？好像姥姥就说过：做柿饼用的是涩柿子。是风干过程把涩味去除的吗？我不大清楚。似乎也听姥姥讲过：酒精会去除涩味，所以在风干之前给柿子抹上烧酒。

从前我住在加拿大多伦多的时候，家附近有韩国便利商店，到了秋天在店前摆出很大很漂亮的柿子卖。那柿子真的很美，使我无法抵抗。当我打开钱包购买之际，老板娘似乎提醒我说了什么。可是，刚刚到多伦多不久的日子里，我的英文还不大灵光，再说韩国太太说英语的口音也不小。总之，我点了头，可其实没明白她的意思。

回到家，我就把那柿子用水果刀剥皮后切成块，等不及地塞进嘴里了。涩！特别的涩！可也有柿子的好味道。虽然很涩，但也很甜，可还是非常涩，涩到我从来没有尝过的程度。没办法吃下去，但是舍不得扔掉，我继续吃了几口，后来还是投降了。我当时就估计，韩国人是应该有办法去掉那涩味的。恨不得问清楚，可是沟通不顺利，可惜得很呢。

最近在大学，有位女职员给我吃柿子。

她说：这是涩柿子，用烧酒去除了涩味的。

我问她：究竟是怎么做的？

她回答说：先把柿子用烧酒弄湿，然后就放在塑料袋里密封起来等一段时间。

原来，她有个朋友每年都从产地寄来装满一个纸箱的涩柿子，总不忘把估计涩味消失而变成甜柿子的日期写在纸片上。到了那日期，她就从容不迫地打开袋子，把里面的柿子拿出来，既甜又软，简直跟从蓬莱仙岛到来的宝物一般。

我家每年从产地和歌山收到的柿子是本来就没有涩味的富有柿。那是老公的舅妈寄来的。和歌山的柿子在全日本都很有名。果然看起来悦目，尝起来好吃，连东京著名超市的水果摊子都找不到的等级。一整箱的柿子，一收到就得赶紧装在冰箱里，免得它迅速变成吉利、饮料。可毕竟是生水果，无法使它在继续呼吸的同时，又停止成熟的过程。

记得姥姥其实蛮喜欢吃软柿子的。我小时候也为软柿子着迷，因为它的口感简直不像天然物而更像人工甜品。我对已故姥姥的回忆，很多都围绕着当年只能在她那儿吃到的美味。这大概是一件很幸福的事情吧。

不输给法国鹅肝酱
——鮟鱇鱼肝

鮟鱇鱼是很特别的鱼。它的肉特别软嫩而富有弹性，简直像橡胶一般，搁在案板上切断不容易，所以在众多鱼类中，只有鮟鱇鱼是从上面挂下来，于空中挥刀切成块的。

一般都说，世界三大美食是：鱼子酱、黑松露、鹅肝酱。

果然是鱼卵、蘑菇、肝脏。

著名的黑色鱼子酱来自俄罗斯；不过，日本的红色鲑鱼子也颇为美味。黑松露是意大利等欧洲山区产的；日本山林则产松茸，价钱也一样昂贵。法国的鹅肝酱，我也同意，是真的好吃。

我上次去巴黎，在朋友介绍下，去了一家鹅肝酱专卖店。那家小店，除了卖各种罐装鹅肝酱以及配料如无花果酱等以外，店里一角摆着几套桌椅，提供用鹅肝酱做出来的热菜。我们四个人点了四种菜肴分吃，其中最忘不了的是法式鹅肝酱饺子。那是在现擀的面皮里包住了鹅肝酱块加热，再加鲜奶油。

在世界三大美食里，我自己最喜欢吃鹅肝酱。只是日本也不是没有类似的食品，说鮟鱇鱼的肝就对了。

鮟鱇鱼是很特别的鱼。它的肉特别软嫩而富有弹性，简直像橡胶一般，搁在案板上切断不容易，所以在众多鱼类中，只有鮟鱇鱼是从上面挂下来，于空中挥刀切成块的（鮟鱇の吊るし切り）。那样子切小的鮟鱇鱼肉，一般做成火锅吃。离东京神田火车站很近，离著名荞麦面店"神田籔"不远的地方，有东京唯一的鮟鱇鱼锅专门店伊势源。这家店开张于一八〇〇年代初，现在的木造房子都差不多有九十年的历史，被东京都政府选定为文物。鮟鱇鱼收获量不多，价钱也不俗，老字号伊势源的套餐一人份卖一万日圆以上，并不是大家都能轻松吃到的。

好在日本鱼店，每年到了十一月就开始卖适合做火锅吃的鮟鱇鱼肉。如果运气好的话，也能买到鮟鱇鱼肝，买回家自己蒸熟吃，味道绝不输给法国鹅肝酱。

有腥味的海鲜类，若要加热吃的话，日本厨师的传统方法是：先在盐酒（加了盐的清酒）里泡上两个钟头。经过这一环节后，去掉血管，再用铝箔纸包成香肠形，放在笼子里蒸上二十分钟。等冷却后，把橙色鱼肝切成小块，倒上椪醋（柑橘醋、柴鱼汤和酱油），再搁点葱花、柚子皮末、辣椒粉。慢慢边吃着边喝清酒吧，真是极乐世界，一点也不夸张。

巴黎小餐厅的法式鹅肝酱饺子最美味，除了证明鹅肝酱的实力以外，似乎也证明新鲜面饼的实力。同样道理，把鮟鱇鱼肝做成军舰卷寿司吃，也能吃出鮟鱇鱼的实力和寿司饭的实力。很好吃的海鲜类如乌鱼子，做成寿司吃，会加倍美味的。不骗你。试一试吧！

小时候的回忆
——豚汁

在户外吃的东西，会觉得格外好吃。大家一起吃的东西，也会觉得特别好吃。大多日本人对豚汁，都有能追溯到小时候的回忆。

被香港旅客看破为“只有一种汤水喝”的日本人，其实到了深秋就开始喝夏天不会做的一种汤：豚汁。

豚汁用的调味料仍然是味噌，不过里面放的东西倒花样很多了：白萝卜、红萝卜、马铃薯、牛蒡等等。有人也放蒟蒻、豆腐、油豆腐。关键在于一定要有猪肉片，否则就要变成狸子汁，也就是给狸子迷惑了的意思；正如荞麦面店卖的狸荞麦、狸乌龙。

毫无疑问，豚汁是所有不同种类的味噌汤里最豪华的一种。所以，在定食屋吃饭，菜单上有时写着：是日汤加购一百日圆能换成豚汁。要吃一碗豚汁就要多付一百日圆，不少日本人会在脑子里进行自我对话：值得吗？一定值得吧。肯定值得了！

十一月，东京天气也开始变冷。日本家庭的饭桌上，仍旧会出现刺身、“御浸”青菜等冷食品。但是，如果平时只含裙带菜和豆腐块的味噌汤，忽然间改头换面变成了豚汁，一家老小都会高兴得不得了。

豚汁也是在学校远足或夏令营等集体活动中，当大家动手做大锅饭之际，经常出现的一项佳肴。其出现频度，大概仅次于咖喱饭吧。日本人嘛，一人有两个饭团和一碗豚汁就会吃得满足的。

当年，我儿子参加小学垒球队，每年三月底六年级同学们要毕业的前夕，一定举办欢送打球会。当孩子们和爸爸们在操场上热热闹闹进行比赛的时候，众母亲集合于校舍内家政课实验室，在两个大桶形锅里放入各自带来的蔬菜。豚汁的两大重要材料，即猪肉和味噌，由球队的营运费付款，其他则大伙儿在自己家的冰箱里找到什么就带来什么。结果，有人带来白萝卜、胡萝卜、芜菁、牛蒡，也有人带来马铃薯、芋头、南瓜，或者大葱、小葱、洋葱，以及蒟蒻、豆腐、油豆腐，也不排斥香菇、金针菇、杏鲍菇。基本上，日本冬天能收获的蔬菜，尤其是根菜类就都可以放入。等锅里的蔬菜和猪肉煮熟了，从容不迫地溶入一大袋的味噌。

装满大桶形锅的豚汁，要由两个男家长从左右两边，小心翼翼地提着运到操场去。虽然谁也没称过多重，但是毫无疑问得非常重了。再说，里面是热腾腾的汤水，而且是孩子们衷心期待的，运送时需要细心且大胆。在操场上，孩子们已经拿着自己的汤碗和筷子排队。排在最前面的小朋友，如愿比别人先得到豚汁喝，可是锅中最上边，汤勺舀到的主要是汤水。然后在桶形锅里，豚汁的深度越来越低，舀到的蔬菜和肉片反而越来越多了。

在户外吃的东西，会觉得格外好吃。大家一起吃的东西，也会觉得特别好吃。大多日本人对豚汁，都有能追溯到小时候的回忆。众所周知，回忆是最好的调味料，几乎使所有的东西都变得加倍美味。果然，大小孩子们，傍晚下班、下课回到家，听到晚饭有豚汁，都一定喊出一声：好棒！

12

十二月

大雪／冬至

油炸牡蛎配塔塔酱

平底锅中铺开昆布，搁下牡蛎，倒点清酒，盖锅盖，开火，蒸上一分又三十秒钟而已。吃的时候，用点柠檬汁、椪醋酱油、辣椒酱都不错。

日本到了冬天才有得吃牡蛎，跟一年四季都有蚵仔的中国台湾大不一样。日本的牡蛎也比台湾的蚵仔大很多，而且似乎有一年比一年大的趋势。可是，牡蛎是否越大越好吃呢？很难说吧。

在日本，最受欢迎的牡蛎料理是裹上面包粉油炸的“牡蛎フライ”。虽然大家都知道还带壳的生牡蛎，挤上几滴柠檬汁直接吃了就很美味，但是不少人害怕万一中毒就不得了。所以，除非去广岛县、三重县、宫城县等生产地，或者光顾可靠的餐厅，还是乖乖地把好好的生牡蛎放入一百八十度高温的炸油中，过大约一分钟捞出来放心享受。

对小朋友来说，吃油炸牡蛎的乐趣，至少有一部分来自一定要配上它的塔塔酱。这种酱以美乃滋为主，再加上煮鸡蛋碎、醋泡黄瓜末、洋葱末等。我最近因为怕塔塔酱的卡路里太高，所以用去了点水分的酸奶来代替，自己觉得效果还蛮好；不过，只怕食品不够油的大小朋友们有什么意见则是另一回事了。

裹上面包粉后油炸的“フライ”，日本人视为原先从西方传来，后来慢慢日本化的“洋食”。其中，炸猪排是国王，炸虾是皇后，炸牡蛎算是公主，可乐饼是调皮的小王子。

另外，日本的油炸一族还有炸竹荚鱼、炸火腿片、炸花枝圈等一堆庶子。这些算是B级美味；超市一定有卖，能够买回家吃，在学生餐厅也很受欢迎，外卖便当中也是眼熟的配角，可就是上不了高级餐厅的菜单。再说，吃B级美味的时候，能配上的调味料只限于酱油、三种香醋、黄芥末等各家庭必备的几种。拿出美乃滋来挤在高丽菜丝上还行。就是不能想到塔塔酱去，那样子会有门不当户不对之嫌。

买到牡蛎，我也有时做牡蛎饭。那是先在锅里烧开酱油、清酒、姜丝，放入牡蛎煮上三分钟，再把牡蛎捞上来备用。留在锅中的汤汁放入饭锅中，再加水把大米煮熟。等米饭熟了，就打开锅盖，在饭上搁置全部牡蛎，再盖锅盖焖十分钟。这样煮的牡蛎饭，因为含酱油，饭锅底容易出现锅巴，大人孩子都要抢着吃的。

今年，我家的牡蛎料理多了一个花样。那是牡蛎昆布蒸。说起来太简单了，就是在平底锅中铺开昆布，搁下牡蛎，倒点清酒，盖锅盖，开火，蒸上一分又三十秒钟而已。吃的时候，用点柠檬汁、椪醋酱油、辣椒酱都不错。料理得越简单，越能吃出食材的原味，也越讨日本人喜欢。

不分四季的热爱
——海鲜丼

平时买菜，我可说是标准的节省太太，买到物美价廉的食品才会心满意足高高兴兴。可是，做起海鲜丼来，我的标准就与平时不一样了。

你也许觉得奇怪，寒冷的冬天里，还要吃冷食吗？但是，日本人对生鱼片的热爱是着实不分一年四季的。

比如说，这天，我工作忙下班晚，家人也都有事，没有足够时间准备晚餐。这样的时候，如果住在中国台湾、中国香港、新加坡等地方的话，答案一定是出门去餐厅吃的吧？但是在日本，至少我们老觉得外边餐厅供应的饭菜，要么太简单要么太复杂。吃拉面、外带寿司当午餐还行，但是晚餐呢？过于简单，肚子饱了，脑子还不饱。但是去烧肉屋或者居酒屋？又不需要每晚都是忘年会。

每次遇到这样的情况，最好的办法是：在家里炊饭，煮一锅味噌汤，然后买来一两种生鱼，切成刺身吃。再好不过的答案则是：买来几种生鱼，在家做散寿司或者海鲜丼。这样子一定能赢得家中大小的拍手喝彩。谢谢，谢谢大家的支持，谢谢。

散寿司是在以糖、醋、盐调味好的常温寿司饭上面搁了几种生鱼片的。说到海鲜丼，应该不用寿司饭而用普通白米饭，而且是热呼呼的。不过，实际情况不见得如此。这些年，市面上流行说海鲜丼，导致我在家中做的散寿司也以海鲜丼之名通行了。

我通过 LINE 告知家中各位：今晚要做海鲜丼了，而且很有可能是豪华海鲜丼，请先把米饭煮好。只要家里有煮好的米饭，把生鱼买回家，完成海鲜丼就不需要半个钟头的工夫，也就是喝红白各一杯葡萄酒加苏打的时间；我应该有足够的精力撑下去。

鲜鱼店跟其他食品商店的区别是，每天摆的货色和价钱都不一样，到了现场才能决定今晚买什么吃什么。平时买菜，我可说是标准的节省太太，买到物美价廉的食品才会心满意足高高兴兴。可是，做起海鲜丼来，我的标准就与平时不一样了。因为今天我比较价钱的对象是餐馆或者外卖店。吃一碗拉面和一盘饺子就要一千日圆吧，那么我为一份豪华海鲜丼花了一千日圆的成本也不算过分了，对不对？

海鲜丼比起刺身定食的优势在于可以混合多种鱼。同时享受不同味道的几种鱼，所带来的满足感就跟单独吃一种鱼不一样。这一天，我买了鰤鱼、鲑鱼、章鱼、北寄贝。众所周知，章鱼和贝类的滋味跟普通鱼类比较，有过之而无不及，而且口感不一样。尤其对加拿大产北寄贝，我家人都情有独钟，也不奇怪，插在海鲜丼中，不仅红橙白的颜色看起来很漂亮，而且味道也特别甜美。超赞。

抵达家中厨房时，我虽然还没开始喝葡萄酒加苏打，心情已经相当好，该是随意花钱造成的幸福感吧。这么一来，对本来要简单度过的晚餐，不知从哪里涌上一股创造欲来。于是在寿司饭中，我投入一把芝麻、醋姜末，上面也搁了一层海苔片，然后才是鲕鱼、鲑鱼、章鱼、北寄贝。端上饭桌的时候，我还煞有介事地告诉大小朋友们：米饭和鱼都有续的，请各位吃个痛痛快快。

下酒首选
——鳕鱼“真子”

买回家在柴鱼汤里加清酒、砂糖、酱油煮上二十分钟，就是一道很下酒也很下饭的好菜肴了。

有鳕鱼必然有“鳕白子”，也必然有鳕鱼卵吧。毕竟，在一般情况下，有爸爸和妈妈，才会生下孩子来。然而，在日本鲜鱼店，看到白子的频率比看到鳕鱼卵的频率高很多。这究竟是怎么回事呢？

首先，我要说明，日本所谓的鳕鱼，其实有两种。一种叫“真鳕”，另一种叫“助宗鳕”（也叫“介党鳕”）。“真鳕”个头大，“助宗鳕”个头小。鱼肉好吃的是“真鳕”，日本菜于冬天的名菜之一“鳕散”锅就是用“真鳕”肉做的。“鳕散”里也可以放入“白子”，这么一来身价就要提高不少了。

至于“助宗鳕”，在鱼店里看到的机会少。因为这种鱼一般用来做鱼浆，加工后变成鱼饼（甜不辣、黑轮）或者假螃蟹等。“助宗鳕”的鱼卵则为众所周知的“明太子”“鳕子”之材料。用盐腌渍了就是“鳕子”，乃日式饭团的重量级材料之一。盐腌后放入辣椒酱里，则成为明太子了。就因为如此，在鱼店里也几乎看不到生鲜“助宗鳕”卵。

“真鳕”的个头比起“助宗鳕”，往往要大上十倍。结果，精巢、卵巢也相当大，各会超过一公斤。一公斤大的精巢，切小后烫一下并冷却，就可以用来做冷盘“白子椪醋”或“鳕散”锅了。尝起“真鳕”鱼的白子来，味道、口感跟鱼身的大小没有关系。

因为“鳕白子”太好吃，所以带着白子的公鳕鱼，卖价远超过母鳕鱼。这导致一些商家，从美国、俄罗斯等盛产“真鳕”却不懂得吃白子的国家，专门进口“鳕鱼白”过来（正如华人圈进口跟身体甚至鸡腿都分开的鸡脚）。难怪，日本鲜鱼店摆着卖的“鳕白子”分量，远超乎整条“真鳕”的分量，更不用说鳕鱼卵了。

从母“真鳕”的肚子来的鱼卵，日本人称之为“真子”，以跟从“助宗鳕”肚子来的“鳕子”分别开来。不像冬天在鱼店里经常看到“真鳕白子”，遇见“真子”的机会不多，一年里只有几次而已。一包“真子”至少有五百克，卖价比鮟鱇鱼的肝、“鳕白子”等还便宜很多。买回家在柴鱼汤里加清酒、砂糖、酱油煮上二十分钟，就是一道很下酒也很下饭的好菜肴了。最近一次，我是跟裙带菜一起煮，使得全家大小都吃得好开心。

全世界的开胃菜——“棒鳕”

日本人对“真鳕”鱼的卵子一般不大青睐，乃觉得味道、口感不够细腻的缘故。但是，西方人的意见有所不同。

在这儿顺便提一下把“真鳕”风干而成的“棒鳕”吧。这种干鳕鱼在日本历史上长期存在；尤其是沿海交通发达的江户时代，在北海道、东北等寒冷地区钓上的鳕鱼，弄成“棒鳕”以后，大量运到日本西南部来推销。结果，直到今天，九州等本来不产鳕鱼的地方，仍旧保持吃“棒鳕”的习惯，而且还当成过年过节吃的佳肴。其中，京都人当年菜吃的“芋棒”（“芋头棒鳕”）最为有名。

有趣的是，几乎同样的故事在欧洲也流传下来。十五世纪开始的大航海时代，远路航海而到亚洲来的葡萄牙船员，包括传教士和商人，为了在漫长的航海过程中稳定摄取蛋白质，载上了北欧国家生产的叫Bacalhau（葡语）的风干鳕鱼。

结果，直到今天，不仅在葡萄牙本国，而且远在非洲、印度、中国澳门，甚至巴西等全球的原葡萄牙殖民地，都有吃风干鳕鱼的习惯。已融入粤语的“马介休”，就是葡语Bacalhau的当地发音。

不仅如此，日本人超爱吃的炸物可乐饼，最早也是葡萄牙人把干鳕鱼肉和马铃薯混合后油炸而做的。澳门人所说的炸马介休球，便是日本可乐饼的祖宗。你说：那么，日本“棒鳕”本来不也是学了葡萄牙船带来的Bacalhau吗？

有可能。

总之，鳕鱼包括其卵在全球的普及度，实在不可低估。

日本人对“真鳕”鱼的卵子一般不大青睐，乃觉得味道、口感不够细腻的缘故。但是，西方人的意见有所不同。比如说，以吃油炸鳕鱼配薯条著名的英国人，其实也蛮爱吃“真子”的。当地超市有卖公主牌罐装“真子”，英国人不仅拿它跟鸡蛋一起炒来当早餐，也给它裹上面包粉后油炸吃，味道离可乐饼不很远。同样的菜谱在丹麦等北欧地区也常见。

不过，把视野再放开一下，世界上，希腊菜中的“真子”色拉（taramasalata）应该更有名吧。这是一种开胃菜，把盐腌过的鳕鱼卵松开以后，以橄榄油、柠檬汁、蒜头泥、面包渣等调味好而涂在吐司上吃。菜名中的“tarama”是希腊语中指腌渍鱼卵的单词，跟日语中“鳕真子”（tara-mako）的发音很像，纯属偶然，你说是不是？

圣诞大餐

尽管如此，大家一起吃大块烤肉，而且是当家先生挥大刀切片的，确实带来一种原始的欢喜，个中似乎也有能追溯到人类历史早期的宗教性。

火鸡用日语叫做七面鸟。但是日本没有七面鸟，连在动物园里都很少看到。七面鸟的名字，我们倒从小就听过很多次。据说是外国人过圣诞节要吃的。可是在日本，没有卖七面鸟肉。餐厅里、市场上就是都没见过。

我长大后去加拿大旅居六年半。当地不仅在圣诞节，而且在感恩节等家庭聚餐的时候，都要吃烤火鸡。当初，我很兴奋：从小憧憬的外国大餐，终于有机会尝到了。

北美老百姓的大餐，是把烤好的肉切成片，配上烤马铃薯、煮蔬菜，蘸点肉酱吃的。吃烤火鸡的时候，习俗上就配上红色甜味的越橘酱（cranberry sauce）。我平生第一次看到的烤火鸡特别大，比普通母鸡大好几倍，足够供应给十多个人吃的样子。至于火鸡肉，颜色是白的，味道则像烤鸡肉，该说平常，没什么特别。我觉得有趣的是火鸡放入烤箱之前，要用白面包填上腹腔，等火鸡烤好，再把肚子里的面包挖出来吃。不过，这当地人所谓的“stuffing”（填物）尝起来，味道并没有出乎意料。

尽管如此，大家一起吃大块烤肉，而且是当家先生挥大刀切片的，确实带来一种原始的欢喜，个中似乎也有能追溯到人类历史早期的宗教性。这种聚餐，每一年里，除了圣诞节以外，还有复活节、母亲节等几次。复活节吃猪火腿，其他时候也会吃牛羊肉，关键在于大块烤，并且由当家先生切片。

在日本，享用大块肉的机会历来不多，可以说几乎等于零。我小时候的一九六〇年代、一九七〇年代，日本人凡事要学西方人的风俗习惯，但是岛国上没有火鸡吃，只好由烤鸡来代替。再说，当年日本家庭中烤箱还没有普及（乃等到一九八〇年代后，才作为微波炉的附属品普及的），很难在家中厨房料理全鸡。所以，对日本小孩来说，不仅是烤火鸡，连烤全鸡都属于梦想之列，实际上出现在我家饭桌上的，至多是从超市买来的烤鸡腿。

一人一根烤鸡腿，就是我小时候尝到的最大块肉。味道好不好？当年觉得非常好吃。现在回想起来，实际上，心里的兴奋和满足感压倒了味觉上的欢喜。

我三十五岁结婚回日本定居，彼此又不是基督徒，还要过圣诞节吗？主要是生了孩子以后，希望他们能收到圣诞老人送给乖孩子的礼物。那么圣诞晚餐呢？老公问我：西方人的圣诞节是怎么过的？我告诉他：烤大块肉，由当家先生切片分给大家吃。

家附近有高级超市纪之国屋，到了圣诞前夕，为外国顾客进了冷冻的全火鸡，乃需要有美国制造的大型烤箱才能够容纳。我们家的意大利 Delongih 牌烤箱没那么大，可是烤一烤全母鸡还可以。于是老公开始每年圣诞节烤一只母鸡了。

烤牛肉，烤羊排，我有时候也会做。可是，烤鸡的程序较为不单纯。日本人爱吃米饭多于面包，所以我家烤鸡时候的填物不是面包而是米饭了。在母鸡肚子里待过两个小时的米饭，挖出来跟烤鸡肉一起吃味道特好，比面包好很多，大家都抢着吃。老公受到鼓励，开始把白饭换为味道口感都复杂点的混合谷物，后来也加洋菇、芹菜、洋葱、坚果等，煮熟后再填进母鸡肚子里。大厨在烤箱旁等待漫长的料理时间，手头上也不闲着，因为要用鸡肝鸡胗等熬出肉卤来。

十二月二十五日晚上七点，我们家饭桌上出现一年一次的烤全鸡。老公挥着欧洲进口的大刀叉，先把鸡腿分给孩子们，跟着把鸡翅分给我公婆。配上了混合饭，再倒一点香喷喷的肉卤。大厨很忙，因为同时也要开香槟酒。干杯！开动！花整个下午烤好的全母鸡，吃起来很快。早年，孩子们还小，会留下第二天要做成三明治的一点鸡肉。近年留下的只有吃得干干净净的骨架而已。

因为老公负责烤鸡的全部过程，我则负责甜品就好。是欧洲式的树干形巧克力蛋糕。看起来复杂，做起来比较简单。因为基本上是卷蛋糕，烤出单薄蛋糕就行，不用担心发不发的问题。从烤箱拿出来，等到不热了，就把鲜奶油涂在上面，然后像太卷寿司一样，把整个蛋糕卷起来，用保鲜膜包住，先在冰箱里放置一阵。过了一两个钟头，再把卷蛋糕搁在案板上，以斜刀切出断面来，用剩下的鲜奶油画个年轮状。然后用巧克力鲜奶油装饰外边，看起来有点像森林里躺着的树干就可以了。

孩子们成长得很快，圣诞老人早已不来我家了。可是，圣诞夜喝着香槟酒，吃烤鸡和树干形蛋糕的习惯还在持续。到底还会持续多久？我都不晓得。只是觉得我们借着外国人的节日享乐了不少：谢谢圣诞老人！

御節料理

传统上，十二月三十一日晚上，主妇们还在厨房里忙来忙去。其他家庭成员则边吃橘子边看电视上的《唱片大赏》《红白歌合战》《去年来年》等年复一年在年夜里播放的节目。

过完了圣诞节，很快就得开始准备过元旦了，可见假洋鬼子的日子也并不容易过的。

圣诞树到了什么时候才收拾呢？十二月二十八日，家门外立起“門松”，挂起“注連縄”（守岁绳），家里摆出“鏡餅”之前，非收拾不可吧。刚送走外国神明，马上迎接本国神明，实在忙得不可开交。

从前的日本主妇，每年到了十二月二十八日，就开始做各种“御節料理”即年菜。跟其他国家的年菜有所不同的是，日本的“御節料理”本来是一月一日早上，也就是元旦吃的。早就料理好而装在两三层“重箱”（正方形漆器）里的，主要是红烧过的蔬菜及干货，如昆布卷、香菇、芋头、莲藕、蒟蒻，或者在蜜糖里料理过的黑豆、栗子甘泥等。传统上，日本从初一到初三都不开伙，要吃寒食的。

为了不让食品腐败，祖先们只好动员盐或糖；结果大多的菜都不是太咸就是太甜，逐渐不大讨现代人喜欢了。

同时，人们的生活方式也有所变化。现代日本人一般都晚上吃大餐，早饭则轻轻带过。一月一日早晨吃大餐并不是不可以，但是前一晚吃什么？

传统上，十二月三十一日晚上，主妇们还在厨房里忙来忙去。其他家庭成员则边吃橘子边看电视上的《唱片大赏》《红白歌合战》《去年来年》等年复一年在年夜里播放的节目。快到午夜的时候，匆匆在厨房里煮一下面条，吃“越年荞麦”，吃完了冒冷出去到附近的神社拜新年。然后，回家睡一觉，醒来之后，才摆出前一晚已经完成的“御節料理”，也喝一口“屠苏酒”来许愿新的一年里身体健康。

然而，对于生活水平提高，平时都吃得不差的现代人来说，传统的“御節料理”并没有太大的吸引力。除了太咸、太甜以外，内容缺乏新鲜感，而且年初三天都要重复吃一样的东西。如今不仅孩子，连大人都会说：又要吃剩菜了？

再说，从前的过年大餐里，包含的鱼肉不多；至多只有盐渍鲱鱼子、醋泡章鱼、红白鱼饼、鱼浆烧蛋卷等，而由于市场关门，亦吃不到生鱼。今天可不同，商店开到十二月三十一日下午，部分超市则一年三百六十五天都不关门。大年夜那天，匆匆买回家放在冰箱里，年初几天每一顿饭拿出不同的鱼呀肉呀来吃，一点困难都没有。

在如此这般的时代环境里，我家吃的“御節料理”也离传统形式有一段距离了。

首先决定从十二月三十一日晚餐开始吃“御節料理”，但是大年夜还吃普通米饭。“御杂煮”即年糕汤则从一月一日早饭开始吃。部分象征性高的菜肴如醋泡章鱼、红白鱼饼以及最高级的鲔鱼腹肉刺身，也等到元旦才吃。每年手工做的“御節料理”则决定限制为：蜜糖黑豆、“数の子”（腌渍鲱鱼子）、“田作”（拔丝小沙丁鱼干）三样。其他菜肴，若想做也可以做。这一次女儿就自己做了“錦卵”（二色鸡蛋），黄白两色分得很漂亮。

一月一日中午，我们一般去神社拜年，而后在附近的荞麦面店吃午饭。一月初的日本商店经常发纪念礼物给顾客。这一家荞麦面店每年都赠送一小瓶“七味唐辛子”（综合辣椒粉），足够我们一家用到年底。从我家走到神社（谷保天满宫）去，又走回家的来回三公里路上，每年都会碰到几个熟人顺便拜个年，但每年都是不同的熟人。今年碰到的是女儿从四岁到十四岁学了十年钢琴的老师一家人，以及由于调职举家去美国三年，听说最近刚回日本的老邻居。

对现代日本人来说，“御節料理”不再是整年期待吃的节日美味，但是做着、吃着会感受到过年这一节日的意义。那包括回想过去和展望未来，也就是生命之延续和时光的无限性。对我来说，醋泡章鱼的味道是回想已故父亲的固定契机。老公则似乎对“田作”有什么追溯到孩提时代的回忆。大家都有大家的回忆，不一定相融合，但是综合起来，就是一个家庭的元旦了。

图字：09-2021-146 号

图书在版编目（CIP）数据
这一年吃些什么好？：东京家庭的四季饮食故事/（日）新井一二三著. —上海：上海译文出版社，2022.4
（译文纪实）
ISBN 978-7-5327-8979-5

Ⅰ.①这… Ⅱ.①新… Ⅲ.①随笔—作品集—日本—现代 Ⅳ.①I313.65

中国版本图书馆CIP数据核字（2022）第035537号

这一年吃些什么好？
新井一二三 / 著
责任编辑 / 刘宇婷　装帧设计 / 邵旻　观止堂_未氓

上海译文出版社有限公司出版、发行
网址：www.yiwen.com.cn
201101　上海市闵行区号景路159弄B座
昆山市亭林印刷有限责任公司印刷

开本 890×1240　1/32　印张 8.25　插页 2　字数 98,000
2022年5月第1版　2022年5月第1次印刷
印数：0,001—8,000册

ISBN 978-7-5327-8979-5/I·5573
定价：48.00元

如有质量问题，请与承印厂质量科联系。T：0512-57751097